清·馮煦修　魏家驊等纂　張德霈續纂

鳳陽府志

九冊

黄山書社

國朝

府學

楊建中 順治丙戌恩貢

李長庚 順治戊子選貢 有傳

花德明 順治己丑選貢開封通判通志

鳳陽

何國祥 順治戊子選貢有傳光緒縣志作八年誤

潘三元 義甯

臨淮

陳養粹

陸可教

杜光陽 江甯訓導

許守

懷遠

周盛古 太平訓導通志古作谷

顧明命

徐克邁

方繼準 宿松訓導

楊存聖

定遠

謝昌運 順治丙戌恩貢眞定知縣

錢錆 順治甲申選貢通志作歲貢

王家鼎

張端 以上

壽州

王廷晄 順治恩貢朱志通志均作歲貢今據李志改注

田耜 內閣中書

吳造 榕一作浴

潘榕 以上順治選貢推官

王勳臣 順治

鳳臺

陳檍

李怡 以上雍正歲貢

梁延 縣志延作廷今依通志

宿州

歐陽明憲 順治戊子選貢有傳州志作歲貢

黃鶴隨 甯國教授

丁壽嗣 江甯府教授

靈璧

張雨誠 訓導

李正茂 訓導

趙承志 教諭

馬宇華

作戊子科花作范

李珩 順治甲午選貢又中本科副貢

蘇紹軾 順治歲貢以上五人均由定遠縣學撥入

馬大德

知縣光緒縣志作甯義通志知州均誤

尹端 有傳

張國銓 訓導

徐位 訓導

仁 高唐知州

卜獻璘

周光印 興化訓導

史見龍

蔣其

衡陽知縣

高自鏡 有傳

宮芋 有傳

楊尚蒙

黃卿 碭山訓導

潘士範 六合訓導以上順治歲貢

順治己丑選貢

盛履昇 順治甲午選貢治安知縣

周之幹

楊開運

郭明擢 有傳

趙士俊 江西按知事

戊子副貢知縣

黃光宣 高郵學正

田耕 見通志

田三元 祁門訓導

高攀蟾 有傳

黃華彥 徽州教授

顧輔 長興知縣

楊纘西 縣志楊作梁今依通志

金居業

李樞 以上乾隆恩貢並見壽州志

劉自成 丹陽教諭

蔡玉鉉 江甯教授

謝再元 青浦教授

陸大麒 海州學正通志麒作麟誤

丁敘明

李全生 江甯教授

李貞憲 以上順治歲貢

吳景 康熙戊寅選貢

呂崑

含山教諭
李天秩
馬躬盛
吳道完
張效節 以上五人均順治歲貢由臨淮縣學人
劉永謙
盛履謙

查盤昌 泉州府同知
李三 衡陽知縣
馬珩 長樂縣丞
湯爾彝 訓導
趙千里 東流訓導
李士蛟
顧永
加賓禔
王名
林芳

宋廣 康熙丙寅選貢
楊相聖 康熙戊寅選貢
閔大全 雍正恩貢有傳
縣志作順治康熙貢據通志改
楊汝楫 雍正癸卯補康

沈世俊 江西按知事見通志
張聯吉 祁門教諭
沈明弼 睢寧訓導
徐亮功 丹徒訓導
楊開第

李之寶 有傳
隗輝 徽州訓導
王之彥
劉紹龍
湯必大
謝一鳴 潛山 訓導
方育曾 潛山 教諭
丁睿

王岵 乾隆癸酉選貢
廖學洙 乾隆乙酉選貢縣志作己酉誤
朱蔭階 丁酉

有傳
武于律 以上順治歲貢
沈懷 廣德州學正
岳淋 以上康熙恩貢
侯啟晉 建子康熙戊寅選貢沛縣教諭

峻 雍正恩貢
徐桂 雍正癸卯並補康熙壬寅選貢
沈泰運 有傳
方兆士 以上

李國華 縣志作華國以上康熙歲貢均由定遠縣學撥入
鮑成龍 雍正己酉選貢由臨淮鄉學撥入
張家相

世
何鈺 鍾城知縣
周之口 以上順治歲貢
萬錦 康熙壬子選貢通志作丙子

以上順治歲貢
陳譔 康熙壬子選貢通志作丙子
張恭美 康熙乙丑選貢通志作孝

熙壬寅選貢縣志作丙寅貢
姚世忠 雍正己酉選貢
陽山教諭
張其量 雍正乙卯選貢 知縣
張珩
劉晒

青浦訓導
甫養民 方東公後有傳
杜應孝
王懋閎 以上治歲貢由閩縣
胡玧 丞
周紹
沈文嗣

王期主 以上順治歲貢
邊文華
甘霖 以上康熙恩貢
俞化鵬 康熙丁卯選貢見舉人通志作丙寅
顧提碧 康熙丙寅選貢州志未詳

選貢並見壽州志
謝均育 乾隆辛酉歲貢有傳並見壽州志
蘇夢徽 乾隆癸卯副貢

李之翰 武陟知縣
卞夢熊 新城知縣
丁鶴嗣
顧蔚起
鄭萘南
陳肇曦 縣丞
徐熙時

雍正己酉選貢
王澤浚 雍正乙卯選貢
王家
李 乾隆恩貢
徐煊
龍溪丞

雍正乙卯選貢　有傳　宋德縣　凌逢　宋起元 桐城教諭以上　雍正歲貢以上　由懷遠撥入　彭晉 乾隆乙酉選貢光緒

朱錕 康熙丙寅選貢東流教諭　蔡國 康熙丙午副貢　金燦 康熙戊寅選貢

躬乙丑作　丙寅　蔣億 康熙戊寅選貢　進居　度　蔡宗　周　戈士

李滋龍 荆溪訓導　蔡鈞　吳惟顯 有傳　周繡　楊文淵 蕭縣訓導以上　孫詵 雍正歲貢　乾隆

以上康熙恩貢　凌森美 康熙丙寅選貢霑益州知州　徐重齡 康熙戊寅選貢　徐亮弼　徐亮采　盛民述 通志述作述

梁重袞 康熙己卯選貢通志作戊寅　吳元會　方度 有傳　張偉抱　楊天培　夏瑗　談訥 附父雅言　傳

岳華 有傳　張橦　梁進　朱筆　盛時　龐景　張紀　多　沈學

賈善價 有傳　丁肇麟 蕭縣訓導　丁憲麟　孫玟 英山訓導　任文瑞　陳乾亨　丁煜 沭陽

王澤 瀚以上　乾隆辛酉選貢　徐赤　文 乾隆癸酉選貢　王家　樂 續溪　敎諭乾隆

縣志作甲申誤　由鳳陽縣學撥入　朱汝逢 乾隆恩貢見通志又見懷遠鳳陽兩縣志　方懌 乾隆癸酉選貢有傳　許九疑

薛國瑞 登封 封縣　李孔　問　湯起　鐸 泗州訓導　陳克　廸

凱　張登　垣 以上康熙歲貢　呂鳴　琅 雍正癸卯補康熙壬寅選貢　郭昱

丙辰恩貢　姚廣 乾隆辛未恩貢有傳　潘既渥 乾隆庚辰恩貢　方暢 乾隆庚子恩貢　沈大用 乾隆己酉恩貢　石溪 乾隆

劉光璧　徐宏祉 太平訓導　楊瑜　甯可越　趙徵運　郭藩　吳瀛　蔡潔　楊璐

馬袞 太平訓導　孔敏 寶應訓導　顧平 巢縣教諭 泗志作訓導誤　宋統玉 蕭縣訓導　湯鉉 有傳　鄭斐 有傳　周蔚　龔咸

山 州志作嘉慶貢　劉錫　祉 通志錫祉作鈞祉　孔毓　奇　姚純　如 有傳

訓導　張素養　趙繼鼎　牛觀臣　張所養　袁阜　孫覲藻　周開農 廷棟子通志農作豐

乙酉選貢　王家甯　祁國 教諭乾隆丁酉選貢　胡湖 乾隆丁酉選貢　王澤　滿

乾隆辛卯恩貢 宮檍 乾隆己酉選貢有傳 田泮 有傳 周冠英 張若範 王見田 倪起瀛 東流訓導 湯璐 有傳

徐田 有 孫篤 之 泗州 方楷 陳衍 象 禇傳 孟梅 寶應訓導

以上己酉選貢縣志作戊申 賈正 雍正 榜 乙卯選貢 賈傑 李浣 以上雍正 歲貢

乙卯恩貢 楊炳 乾隆辛酉選貢 方典 乾隆癸酉選貢有傳 楊澎 乾隆乙酉選貢徽州府訓導 宋汝謙 霍山訓導

李瑁 涇縣訓導 方之景 趙之璽 錢淳 楊開鑣 張于漢 李成楠 海州訓導 周猷

趙彥 孔振魯 李靚 周嗣龍 張從說 朱峙 顧正倫 談予箋 潘調律 謝家樹 績溪

湯執 中 李煇 朱準 方英 有傳 王悅 金有 鐸 有傳 趙佳

張素蘊 呂天精 曾紘 任淑范 蔡增五 沈恪 朱麟瑞 蔣復 張鎮臣 趙國瑢

王夢 魁 王家 果 王家 極 王家 椿 王家 桂

宮榕 有傳 以上乾隆歲貢 自宋汝逢以下十一人均由懷遠縣學遷入 苗俊 乾隆庚寅恩貢 吳士英 乾隆乙酉選貢泗州同知

以上康熙歲貢 孟凌 雲 有傳 張轂 以上癸卯科補康熙壬寅選貢 繼賢 生 雍正

彭兆 安 乾隆辛酉選貢 姜紹 先 乾隆癸酉選貢 孫鳳 鳴 乾隆乙酉選貢石門知縣

方紹董 以上乾隆丁酉選貢 林晉奎 乾隆己酉選貢有傳 常太和 乾隆壬午副貢有傳 林中柏

李天柱 蕭縣訓導 耿連茹 苗潔 有傳 劉宏準 彭繩頤 天長訓導 朱旭 單廷祺 常州訓導

訓導鳳臺縣志作順治貢 王綸 以上康熙歲貢 徐讓 蒙城教諭 金作錦 以上雍正癸卯補行康熙壬寅選貢 劉宗亭 雍正己酉選貢有傳

寯 通志作甯雋 方承 永 有傳 張銳 王有 裴 通志作裴壽 斐志作培 秦怡

繼泰 子 孫開壽 賈遷 善價 子 姬瑠 侯建 劉綸 趙超韓 繼泰子安東訓導州志作安樂

徐煌 徐焆 徐溥 徐映 文 李雲 峯 盱眙教諭 以上乾隆歲貢 黃德

劉崧秀 乾隆丁酉選貢　方積 乾隆己亥選貢四川布政使　麥奎揚 有傳　宋汝通　葛成　唐培卓

戊申選貢見進士　秦宗洙 以上雍正乙卯選貢　徐登瀛 廬州訓導　俞璋

縣志作甲申誤　姜紹基 乾隆辛卯副貢　陳克儉 乾隆副貢　張崇仁

乾隆己亥副貢　宮杲 乾隆癸卯副貢　方深 霍山訓導　黃景 有傳 通志作黃景耀　年習訓　張翼祖　楊澍 通志

范枚　杭廸 祁門訓導以上康熙歲貢　徐庚 雍正己酉選貢　陳漪 雍正乙卯選貢鄆城知縣　蘇寅畏

麗之鐸 雍正乙卯選貢望都知縣　鄧塽 來安訓導　方纚　鄧以忱　王玟　鄭旱期　王可立　雍正歲貢　謝令樹 乾隆

有傳　蘇培昭　王超　姚立成　權基　張偉署　王有

誤　陳琬　高國憲　張琯　趙天相　朱昌祚　武燕詒 通志作詔詒　周國士 休甯訓導以上

嘉慶　瑛 恩貢　陸梁 嘉慶辛酉選貢　徐藩 嘉慶癸酉選貢　謝汝瀚

以上乾隆歲貢　白苗俊 以下八人均由定遠縣學撥入　萬承志 乾隆歲貢由鳳陽縣學撥入並見定遠志　劉體健 奉賢訓導

盧江訓導 通志作章瑋　穆魁光 以上雍正歲貢　柳濬 乾隆丁未恩貢　孫元

殷之朱　張紞 紞一作球　殷徒南 贛榆訓導　王度　劉照 照一作召

作湯澍　沈暘　李道坦　吳洪中　楊逢源 滁州訓導　王珽　許璜　姚世芳　楊璽

陳聿森 太湖訓導　涂璋　陶範　鈕宏　陳楷 丹徒訓導　方文　王三錫 贛榆訓導以上

丙辰恩貢 江甯教諭　談嗣度 乾隆壬辰恩貢　朱鳳來 乾隆庚子恩貢　李洲 乾隆丙午恩貢　陶珩 乾隆己酉恩貢　張織 有傳通志

鳴　張秩　龐景肇　郝瑢　張鴻緒 以上乾隆歲貢　姚遇璠 嘉慶

康熙歲貢　趙立章 雍正癸卯恩貢通志作趙立　秦士望 雍正己酉選貢　王巖 雍正乙卯選貢　謝長伸　丁英曉

徐壢　王學烳　路景仁 以上嘉慶歲貢　仲緒起 道光乙酉選貢　王祖

何大均　李大鵬　通志李作朱　畢光曙　姚普　程連　顧相　閻廷梁　方文齡　又見鳳臺志以

珖乾隆　辛酉選貢　朱泗　沂乾隆　癸酉選貢通州州同　倪何　衢乾隆　乙酉選貢縣志作甲

郭昇　王廉　胡世　玥　周我　言　王文　昇　陸達　蒙城訓導

宮大鯤　唐培湛　孫素　許倓有傳　邵昇有傳　劉旭　湯愷臨淮籍　姚鳴鳳　田國相

雍正歲貢　王永錫　穎上教諭　陳炳楷子　陳啓渥　鄭振芳　盱眙教諭　李大田　李瑜　楊大啓

作雍巳貢　張俊傑以上　乾隆恩貢作缺自謝令樹以上見鳳臺志　方汝梅有傳　家譜作癸酉貢並見鳳臺志　姚愼徽有傳　以上乾隆辛酉選貢　張崢乾隆癸酉

辛酉恩貢　楊凌　雲有傳　嘉慶己巳恩貢　徐錦　圜嘉慶庚辰恩貢　石潤　清嘉慶

青陽訓導　裴天朝　魏兆畢　沭陽訓導　龍見　蒙城訓導　羅任重　程琈新陽　訓導以上雍正歲貢

誠道光　丁酉選貢　張錫　嶸道光　乙酉選貢　見進士　魏華　言迎志　作嘉慶貢誤

上乾隆歲貢生　由壽州學撥入　涂兆綸　乾隆丙辰恩貢　由宿州學撥入　楊德山　嘉慶癸酉選貢　有傳　方義昭　嘉慶歲貢由懷

中試　熊重　球乾隆　庚午副貢　復中乙酉科見舉人　田兆　乾隆庚寅恩科副貢　邊克

鮑度　泗州訓導　陳吉　士　賈宸　彬　盛維　新　戈文　起

阮崢　郝輝盱眙　訓導　宋成允　許佑有傳　陳純臣　有傳　宋閣　閔德鳳　通志作鳳德

秦彭年　以上乾隆恩貢　王漣乾隆　辛酉選貢　方煒乾隆　癸酉選貢　方學齡　乾隆乙酉選貢　凌和鈞　附凌和鈐傳乾

選貢盱眙訓導　陶柱乾隆乙酉　選貢有傳　薛家昂乾隆　己酉選貢含山訓導　通志復列丁酉今刪　方若闌乾隆　癸酉副貢有傳並見鳳臺志　王佸乾隆甲寅

辛酉選貢　宿遷教諭　劉志　本嘉慶　丁酉副貢　自孔毓奇以下並見壽州志　吳掌　仁

陳啟清　乾隆丙辰恩貢　趙正江　乾隆辛丑恩貢　涂士銓　乾隆辛酉選貢　吳承獻　乾隆癸酉選貢　建始知縣　趙士洙

徐大　彪　徐德　華　張光　煒　陳熠　文　吳以　謙

遂縣 發乃 李亨慶 辛酉選貢 陳鼎雯 俊千子嘉慶癸酉選貢甲進士 楊舜琴 嘉慶歲貢以上均由定遠縣學撥入

家 田從 典 魏堢 盧江訓導 李棫 常州訓導 李秉 銅 仁陵 訓導

賓宸 標 楊汝 升 陳保 章 謝宗 義 史椐 宋文

余純 楊廷棟 楊士健 方作肅 魏維祺 有傳 魏維綱 有傳 崔應綸 以上乾隆歲貢

隆丁酉選貢 方玉垣 乾隆己酉選貢金山訓導 凌奎光 乾隆甲子副貢通志作元光 李賢舉 乾隆壬申副貢定番州判

副貢有傳 通志王作汪 李友 周廷俊 孫玠 訓導 李藻 梁造 陶卓 游揚 黃文燦

吳櫑 有傳 許步 瀛 李磐 劉爲 鯤 姚章 右 陶復

乾隆乙酉選貢 吳華平 乾隆丁酉選貢廣西州同 王景晨 通志晨作辰乾隆己酉選貢 吳恩貢 乾隆丙寅副貢北榜

田錫 瓛 張谿 然 陳荊 琥 仲緒 超 呂士 紳 通志

程宗璋 嘉慶丙辰恩貢 秦孔昭 嘉慶己卯恩貢通志作□貢 戴瀚 嘉慶辛酉選貢直隸州州判 程堂 張體仁

孫世 柰 郭松 齡 蘇輔 世 黎永 清 通志清作靖 胡永

炳 賈俊 英 梅應 詔 李應 隆 黃夢 麟 以上乾隆歲貢

凌際昌 嘉慶丙辰恩貢 楊廷璣 嘉慶己巳恩貢 張用霖 嘉慶己卯恩貢鑲黃旗教習 楊有恆 嘉慶辛酉選貢歸安知縣縣志

陳文林 乾隆戊申副貢 方玉基 乾隆壬子副貢北榜戶部員外 陳薇 乾隆乙卯優貢見舉人 吳倬 陳元中

劉兆麟 張鴻翥 方羽化 三河 訓導 周統三 談有鐸 何世穀 劉彝倫 閻聰 吳素書

徐維 璠 通志璠作蕃 鄭雨 春 王亦 常 鄭經 神上 嘉慶歲貢

趙國英 張宗仁 趙煜 通志煜作煜 徐艮佐 李藹 周國馨 有傳 秦有福 薛霽

呂 作吳誤 仲緒 趙 徐在 田 康士 紹 鮑經 熙 鄒玉

選貢以上由定遠縣學發入孫錫嘏附兄桂森傳道光乙酉選貢孫家鐸道光丁酉選貢見進士孫家鼐道光己酉選貢

嘉孟正誼以上乾隆歲貢盛廷揚嘉慶辛酉選貢張夢蘭嘉慶癸酉選貢

藏文清道光己酉選貢劉景華道光丙午副貢有傳曹璜胡連陞

劉天章以上嘉慶歲貢魏大綬道光辛巳恩貢有傳滕立言道光辛巳恩貢潘繡道光乙酉選貢有傳楊承啟

陳大岐吳廣備六安訓導王顯烈遂子苗侃潔孫楊士才通志才作材陳鵬翰陳廷鍵

夏增仁徐士才程鵬吳梯雲馬梅江之湘朱邦彥盱眙訓導朱霖辛登雲

昕自吳櫃以下並見壽州志徐藩李楠金有執方德注有傳見薦辟

黃中極黟縣訓導王天梅甘泉訓導劉紹祚廬州訓導梅峯王永振周國治吳縣訓導

徐開符艾心一均咸豐辛亥恩賜副貢高思淑卓乂新

見進士余鴻寶王聰金闕程鶴年旌德訓導姚善長以上道光歲貢自孫錫嘏以下均由壽州學發

蕪湖教諭郭彤嘉慶庚午副貢通志彤作桐朱衣點嘉慶辛酉優貢見舉人田文

潘澐以上同治年補咸豐恩貢張治純陳楫川蔣葆元以上

道光辛酉選貢有傳林之洛健丙知縣林之材莒州知州以上道光己酉選貢湯作荀道光辛巳副貢見舉人

炳孫劉光太王璥蕪湖訓導見舉人通志璥作璥苗榮年侃子陶學焯通志焯作煥陳豐山

顧卓甄履潔金綸金作鼐通志鼐作鼎陳瀚有傳吳鳳方若桂有傳以上乾隆歲貢自金綸以下並見鳳臺志

金有裴高修齊廖所稱通志廖作寥有傳劉陽元

武澄張微典銅陵訓導伯執桓王問禮沈亨基謝百祿董克類徐芝岳王應軫

卓藻新張鳳樓以上同治恩貢高思純同治補咸豐辛酉選貢殷毓

入 程兆桓咸豐恩貢 高錫基太平訓導 宋次韓學冊作恩貢 俞克敏均咸豐歲貢以上四人由懷遠縣學撥入 李振鐸咸豐恩貢 穆慶瑠 方銘鍾 程彬均咸豐歲貢以上四人由定遠縣學撥入 孫傳栻

撓 萬言 萬承 常 張搢 元以上嘉慶歲貢 王錦 榮道光辛巳恩貢 柳坤 厚道光乙酉選貢見進士 李漢 章道光丁酉選貢見舉人 何開 泰道光

同治恩貢 王廷 燕同治補咸豐辛酉選貢 刁澤 貽同治癸酉選貢 楊陰 胡仲 淼見舉人 陳允 升銅陵訓導 俞建 章以上同治年補咸豐歲貢 楊佩

宋炳南道光壬辰副貢有傳 李榮昉有傳 朱學孔 姚肇修 倪前禮 何墉通志墉作慵 袁履晉 宋文觀 方載旌 崔竹 張希武 胡永凝 宋補甫 宋永賢有傳 楊保勳

炳孫 邵廷奎以上乾隆歲貢 何應奎有傳 方照酉陽州同 韋培之以上嘉慶恩貢 陳俊千 嘉慶辛酉選貢見進士 凌泰垣 奎襄孫嘉慶癸酉選貢 夏國士嘉慶甲子恩賜副貢 王元通嘉慶庚午恩

孫光斗嘉慶丙辰恩貢 方軾嘉慶己巳恩貢有傳 吳楷嘉慶癸卯恩貢並見鳳臺志 徐錦嘉慶庚辰恩貢 鮑宗密通志密作憲嘉慶庚申恩 貢並見鳳臺志 王昭嘉慶癸酉選貢合肥教諭 孔興魯嘉慶庚午歲貢見舉人 姚常修嘉慶丙子副貢 孫克佐嘉慶丙子優貢 曹愔

趙南 湏 謝于 杜有傳 于一作於 牛步 端有傳 王祜 震有傳 壽州志作 祜宸通志作祜辰以上道光歲貢 李蓮 仙咸豐辛亥恩貢忠節附傳 曹薇 佩

邵州訓導 趙宋霆 蔡蔚文 馬文思 趙通奇 王樞 郜應標 路繼善 李杜 王夢齡 李懷仁 張繼登 張溪 周适 張錦堂 張玉舉 孫遇舉見通志以上乾隆歲貢 梅海嘉慶

秀同治癸酉選貢 仲統 萬 沈楫通志楫誤作楫 陸增 美 王汝 昌以上同治補咸豐歲貢 陸德 鈔通志作咸豐年 張雲 張仁 培 陸德

直隸州知州 周儀典 敎諭以上咸豐辛酉選貢均由鳳州學發入 祝錫璠 徐培源 以上訓導門上咸豐歲貢均由鳳臺縣學發入

己酉選貢見進士 方載 廣 道光乙酉科副貢並見懷遠縣志 蕭夔 典 程士

琳 趙學 曾 杜淩 霄 胡業 新 蔣葆 仁 以上同治歲貢

許義琛 通志義作文 孫良傳 盧兆聘 楊榮袞 有傳 姚玉田 見進士 陳志清 成廷勳

陽副貢縣志作 戊辰歲 彭殿勳 嘉慶癸酉副貢 江步超 嘉慶己卯副貢 淩泰交 見進士 淩泰封 見進士以上嘉

陳秀發 通志 時鑑清 鑑作鉛 朱位 姚延祚 通志 祚作祈 張屢禮 有傳 汪道和 余陳勳 鄭心田

湯咸一 通志一作咸 黃葆 和 曹能 之 以上同治補咸豐恩貢自趙南湛以

己巳恩貢 沈欽嶼 嘉慶己卯恩貢 直隸州判 馬班香 嘉慶庚寅恩貢 吳中泰 嘉慶壬貢 程百朋 嘉慶辛酉選貢

鑄 徐淇 川 高樂 山 吳緒 任 以上同治歲貢 戴從 善

沈玉峯 同治歲貢由懷遠縣學撥入 陳鈞鼐 同治恩貢通志作歲貢 方燕昭 同治癸酉選貢 俞蔭棠 王士珍

洙 歙縣訓導 萬汝 甯國 淵 訓導 程章 李 萬永 淵 高文

刁餘 守 郭文 清 張蓮 洛 以上光緒恩貢 朱學 濂 光緒乙酉選貢

林士純 訓導以上道光歲貢 宋烈 金兆炳 以上咸豐恩貢 年貴行 咸豐歲貢 楊廷甲 陳光宇

慶甲子優貢 淩奎襄 胡維熊 陳佩蓮 婁步雲 米宗清 通志米作朱 方玉豪 通志臺作壺 張廷範

王夢曾 趙曰睿 孫澍徵 有傳 通志澍作樹以上嘉慶歲貢 薛家學 道光辛巳恩貢附傳 姚庭藻 道光 丙午恩貢 孫錫璜

下並見壽州志 孫廷 揚 咸豐壬子副貢 岳兆麟 同治補咸豐貢 方璟 王錫

吳廣德 嘉慶癸酉選貢 張純修 嘉慶戊午副貢 見舉人 劉部 閔永清 杜維周 趙志開 蕪湖訓導

劉殿 掄 張盛 基 張哲 彥 以上光緒恩貢 高樹 常 光緒乙酉選貢

均同治歲貢以上四人由定遠縣學撥入 鮑範九 同治恩貢 孫傳穀 同治癸酉選貢 湖北知縣 胡棟雲 張城

達 李標 魏兆麒 熊賢醕 見舉人 王階平 溧水敎諭

戴延儒 光緒丁酉選貢 湖南直州判 蕭景雲 賈錦江 潘溶

以上同治年補咸豐恩貢 方載重 通志載作戴 汪魁元 以上同治恩貢 林之升 見進士同治年補咸豐辛酉選貢

楊振翎 呂愷 陳廷間 鈕重華 以上嘉慶歲貢 方程 邵佺 以上道光辛巳恩貢 方銘常 方爾熾

孫桂森 有傳 以上道光恩貢 孫家醕 道光丁酉選貢見進士 孫家亘 道光壬副貢北榜見進士 鄒常泰 道光癸卯副貢見舉人 楊顯 道光己酉

福 余士成 尹爕堂 州志作歲貢有傳 以上同治恩貢 自方璟以下四人並見

李夢山 通志作牛夢仙 趙運昌 張懷禮 劉珖 宋長鶴 張新 仲耀淞 杜維清 余逢春

李開勳 光緒丁酉選貢 高思洵 鄒霖川 徐鳳喈 王鎮

顧宗臣 王彥槐 何春霖 倪芃棫 李慶雲 均同治歲貢以上九人由壽州學撥入 明作哲 同治恩貢有傳

陸桂馨 孫錦雲 陸桂馥 謝炳鈞 蔡泰階

朱壽鼎 俞鴻章 張志騫 吳鼎泰 陳允若 以上

范家琛 同治癸酉選貢 朱第 孫煥彩 石琯 宋琨 以上同治年補咸豐歲貢 宋治安 韓超千

有傳 以上道光乙酉選貢 何廷謙 道光丁酉選貢見進士 凌樹績 道光己酉選貢 凌泰開 道光戊子副貢 祁門訓導

恩賜副貢 孫黼清 道光戊子優貢有傳 李玉豐 孫邛清 宋錦芳 張雲路 余繩祖 有傳 徐士璟 有傳 陶信芳 有傳

壽州志 方長馨 同治癸酉選貢 劉擢五 縣志擢作翎 金式彥 有傳 鮑德

楊益舜 江映旭 趙志洹 韓葆林 馬霖 以上嘉慶歲貢 趙朱璵 道光辛巳恩貢 王時治 道光乙未恩貢

坤 陸德銓 王維勤 周際亨 單華增 邱玉

蘇士貞 同治庚午副貢 見舉人 陳金詔 通志作壽州人誤 孔亦郊 有傳 王煥奎 並見壽州志以

陳鐊 高曾 祝 牛璋 郭維 蕃 宋榮 第 以上道光歲貢 周開

光緒歲貢 俞炳 章 沈連 啓 以上恩貢年分未詳 陳懋 華 王昭

劉鴻儀 宋焜南 閔登復 楊黼棠 江濯清 以上同治歲貢 何玉鼎 光緒恩貢 宋乃楫 光緒丁酉選貢

方濬頤 道光乙酉副貢 見進士 凌泰磐 道光壬午優貢 八旗教習 陳鍾長 道光辛卯優貢 採訪冊作壬辰 凌樹亮

方贇 金瑞麟 有傳 並見鳳臺志以上道光歲貢 張務本 咸豐歲貢並見鳳臺志 張慶圖 望江 訓導 劉志存 訓導 以上同治年補咸豐

俊 見舉人以上同治補咸豐歲貢並見壽州志 張選 有傳 青 張能 堅 見封贈

秩玉琳 道光乙巳恩貢 趙惟崇 道光庚戌恩貢 趙良本 道光乙酉選貢 陳秉謙 道光丁酉選貢 秦廣大 道光己酉選貢

佩 王鴻 儀 莊管 城 高維 幹 以上光緒歲貢 浦綿 選貢年分

上三人 同治歲貢自明作哲以下五人由鳳臺縣學發入 諶孝先 光緒恩貢由臨淮鄉學發入 沈桂圃 光緒恩貢 宋乃謙

初 咸豐歲貢 有傳 陳鑫 王恩 來安 焯 教諭 萬來 同 以上同治恩貢縣志未詳

沈世 泰 張廷 樂 胡寶 光 張錫 文 沈世 衡

王錫祜 光緒丁酉副貢 宋績甫 甯國訓導年分未詳 方繼規 學冊作矩規 楊士偉 通判 陳啓心

方汝宣 以上道光丁酉優貢採訪冊作辛卯又中丙午副貢見舉人 凌煥 道光庚子優貢見舉人 凌樹荃 道光癸卯優貢

恩貢 孫傳楙 教諭 同治年補行咸豐辛酉選貢 孫傳斌 教諭 同治壬申恩貢 戴錫祉 訓導 李竟成 以上 同治恩貢 孫傳琢 同治

劉炳 東 李景 李濬 華 自張能堅以下並見壽州志以上同治歲貢 金沛

州志作乙酉誤 楊益曾 道光壬午副貢 宋長鸞 張霖 趙志元 李德麟 趙長齡 張志義 周作椿

未詳 葉正 誼 德安 訓導 莊溥 劉鳴 岐 張翥 南陵訓導 莊爾

光緒癸巳副貢　許邦達　光緒乙酉選貢　王鏡超　方獅　李之桂　均光緒歲貢以上六人由懷遠縣學撥入　方樹棨

據通志注　何雲誥　同治□□□補咸豐辛酉選貢郎鄖知縣通志誥作培誤　宋德大　同治

劉同觀　張淩霄　彭銳　吳依仁　劉佩蘭　楊佩

周鏺齡　陶泰塽　縣丞　周向齡　孫皆俊　自方繼規以下縣志列恩選格皆順治康熙貢未分晰　劉漢鼎

見舉人采訪冊作丙午　方濬師　道光己酉優貢　見舉人　吳瀛仙　李鳴盛　凌和羹　奎襄子　楊孔門

癸酉選貢　徐輯五　同治庚午副貢有傳　于爲福　同治癸酉恩貢副貢又見鳳臺志　孫培厚　同治年補咸豐歲貢無爲州學正通志作恩貢　張雲淳

田　並見壽州志　鬪芳　孔慶鏞　以上光緒恩貢　孫傳兖　光緒乙酉選貢見舉人並

相元吉　張化　王家楨　周學亮　李恆泰　鄭魁　程維熊　戴章　劉綺章　王從光

威　劉峙　建平訓導　蔣茹　拔　訓導　王之驥　通志之作三　李仲　白

黎鶴年　均光緒丁酉選貢　方浚　邵廷芳　均光緒歲貢以上四人由定遠縣學撥入　谷遷喬　直隸州知州

癸酉選貢　盱眙教諭　柳增榮　王汝琛　蔡珣　柳錄　王履中　自柳

環　胡鍾麟　戴文濬　胡于垚　以上同治年貢　陸端　李斐

路國彥　周克順　王錫伯　魏素　方養蒙　楊贊聖　何滙海　通志作清海　何昭　湖州府同知

訓導　方珍錫　楊金門　以上道光歲貢　陳新培　咸豐辛亥恩貢　譚作樞　咸豐辛亥副貢　何錫瓚　咸豐歲貢

李兆麟　王櫺　王澤春　嚴秉謙　鄧德峻　以上同治歲貢　趙林一　光緒丙子恩貢　常琭芬　光緒己卯恩貢教諭

見壽州志　孫多宸　光緒丁酉選貢　嚴公輔　並見壽州志　張謙　岳兆奎

史硯田　通志田作石　尹卓然　謝體春　以上道光歲貢　楊寶鉁　咸豐恩貢潛山教諭　梅奎璧　咸豐歲貢

劉鳴陽　通志陽作暘　張習孔　李日生　大理同知　張璟　訓導

趙咸韺 廣西直知州 王錫澤 鮑德燧 柏瑾 均光緒恩貢 孫傳沔 光緒己酉選貢 王春浴 孟廣成

昭榮以下 均同治年補行咸豐歲貢 闞步 雲 武寅 斗 郭守 民

張明 政 金著 登 通志作金 李 盛良 才 韓日 嚴 通志作日 日

方繼舉 許子龍 張國紀 周姬齡 何注海 通志注作德 張維藩 楊培芬 李光錄 周嘉會

謝蘭階 楊祗勤 以上同治年補咸豐恩貢 方銑 同治壬戌恩貢 黎炳南 同治乙丑恩貢 王士琇 同治壬申恩貢

孫傳澍 光緒庚辰恩貢 來安教諭 胡長慶 光緒壬午恩貢 楊卓立 光緒己丑恩貢 周紹典 光緒庚寅恩貢 裴乾健 光緒乙酉選貢 直州判

陶燮 廷 吳錦 堂 岳維 屏 吳廷 贊 以上光緒歲貢 金邦

李相靈 張修和 周蘭若 通志作歲貢 周世幹 以上同治年補咸豐恩貢 趙良汲 孫錫純 以上同治恩貢

張維 吉 李治 隆 英山訓導 張覺 舒城訓導 傳大 業 高階

方西疇 張楚琛 有傳 戴鴻逵 夏振東 葉蔭蹊 鮑俊逸 胡德全 史崇禮 姚爲邦

周開 智 程德 通志 儼 程作鄭誤 沈清 漣 李德 鑫 張汝

黃烈 清河訓導 潘桂 王之 謨 王者 賓 潘儁 史起 法

黃宗舜 宮孝生 周柞薪 房宿 楊曰傑 方超 魏益隆 李蔭 黃扇龍 閔煥 有傳

見舉人 馮玉章 同治年補行咸豐辛酉選貢 方臻杰 同治癸酉選貢 小京官 宋安書 同治甲子補咸豐戊午副貢

孫傳祝 光緒丁酉選貢 常瑾芬 光緒壬午副貢 直州判 蕭景溪 光緒甲午副貢 宋正本 光緒乙酉優貢 見舉人 王榮楙 光緒辛卯優貢 四川知縣

有選貢年分未詳

邵心艮 見舉人 同治補咸豐辛酉選貢 邵心豫 見進士 同治癸酉選貢 路萬耆 趙惟純 馬家芳

石埭教諭 殷維 藩 張繩 王銳 徐淳 金山衛訓導 李功 偉

孫奉先 以上十二人均光緒歲貢自谷遷喬以下均由壽州學撥入 孫家模 光緒己丑副貢 王任 以上並見壽州志 陳應詔

搢 通志作臨淮人 以上同治歲貢 吳炳 河南 章 同治 吳錫 川 徐桂

馮從 一 貫繼 善 趙汶 熤 王新 政 劉大 成 寶應

吳瀚 有傳 宋永觀 孫印 奉賢訓導 通志印作節 楊曰儒 新陽訓導 張綬 太平訓導 石萬戶

何廷宣 同治甲子優貢 程傳德 劉桂馨 林開益 以上同治年補行咸豐歲貢 方同紀 周琨 楊應元

張家德 光緒甲午優貢 漢教習 孫敬先 訓導 顧青嵐 通志作同治貢 並見鳳臺志 王乾元 權瑞成 朱錫嘏 薛鴻烈 訓導

牛斐然 王卿材 張福蔭 以上同治年補咸豐歲貢 崔懷欽 李心銳 潛山訓導 馬安邦 董萬程

程國 清 徐棠 呂起 通志 山 有傳 唐克 勤 張雲 景

孔憲章 前業以上光緒歲貢自孫家模以下均由鳳臺縣學撥入

林 杜調 元 以上光緒恩貢 俞錫 疇 光緒乙酉選貢 江蘇知縣 朱訓 承 光緒

訓導 鄧峪 金山訓導 通志峪作路 王扶 沭陽 旦 訓導 王克 勤

囊澤訓導 楊敷 有傳 劉鴻 以上歲貢年分未詳縣志作順治康熙貢未分晰今遵通志列此

張玉和 劉坤 陳清源 李崧生 以上同治歲貢 陳維藩 光緒乙亥恩貢 馮榮基 光緒辛巳恩貢 徐雲書

方殿奎 訓導 孫汝駿 張寶德 張樹德 張友德 孫傳樸 以上光緒歲貢 程國寶 選貢 見通志 葉南英 有傳

敎諭 李學庚 王信貞 魏維嶽 梁硯香 劉集三 以上同治歲貢 趙維賀 現官旌德敎諭 邵心恒

王澤 澍 馬啟 明 張天 鉅 胡廷 琦 高蟠 石 以上

丁酉選貢
劉應元　光緒乙亥恩科副貢
陸寶珍　光緒丁酉恩賜副貢
李克

王廷試
張純安
湯愷
陳提三　通志作三之誤
陳易
時光

光緒戊子恩貢
方臻廣
光緒乙酉選貢
方嘉棟
光緒丁酉選貢
李樹杞
光緒乙酉副貢
周爾萃
光緒己丑副貢
胡全芝

談昂霄
柏蔭棠　有傳
宋化南
薛純熙　文苑
附傳
陳顯錫
余士瑗
余秉忠　有傳
張汝雯
顧夢蘭　有傳

邵春亭　歲貢年分未詳
郭松濤
王錫五　光緒戊子恩貢
周儒臣　光緒乙酉選貢現官直隸同知
華桐　光緒丁酉選貢
涂繼先

紹
劉佩銀
張憲章
蔡以衡
湯彭齡
牛琦

夏　來安訓導
鄧峽　高郵訓導
鎖浣　建平訓導
劉子政　石埭訓導
孫光

方汝雨
方臻善
方肇樞
李繩祖
胡俊濤
徐士馨
方澤久
夏汝璜
方濬恒
張梓培

孟雍熙
黃居泰
朱奐若
趙岸連
袁學穌
常憲
吳據德
薛傳心
徐月
薛映雅

趙掄元
蔡大化
張星垣
王啟廸
王大才
馬宗援
王培基
王治嵩
郭懷欽　州志欽作濤

以上光緒歲貢
金瑞麟有傳
吳懷忠有傳見通志
熊時定

北
蔡陞見通志雲南布理問
蔡宗周見通志
張樹魁以上年分未詳

陳驤
凌泰慶以上歲貢年分未詳

薛暘谷
陳環林
尹林有傳自程
國寶以上均年分未詳

路汝霖
王運隆
趙良京
劉正中
馬錫洛
周儒彬知州以上光緒歲貢
王鉞博羅丞

有傳見通志
武靖邦
鄭之楨
蘇開元
嘉嘉亮

王維秀太廳同知以上選貢年分未詳

李之彥 李天根 邵壯行 周浩 李馥達 張明

達 蘇民悅 韓逢春

以上年分未詳自武靖邦以下縣志惟順治康熙年無貢

可分晰故遵通志列此

明 異途仕進

文職

京秩

王介 鴻臚寺序班
周圮 南京北城兵馬副指揮
李觀 工部清吏司主事以上臨淮人
趙應乾 懷遠人南京兵馬副指揮
沈綸 鴻臚寺序班
李佩 鴻臚寺序班
張附鳳 鴻臚寺鳴贊

巡撫司道府廳衛 附首領官直隸州

沈士溫 臨淮人浙江右布政
李修敬 鳳陽人湖南按經歷
童乾 臨淮人長蘆鹽經歷
錢士英 四川按經歷
劉鳳美 按經歷定遠人
凌仁 應天衛經歷
陳福楨 龍江左衛經歷以上鳳陽人
李季芳 浙江鹽運判
鄧輔 楚府護衛經歷
任一治 魯府護衛經歷以上臨淮人
孫章 湖南鹽運判
薛希良 有傳
年序 德州府同知
鄢士霖 易州府通判以上懷遠人
陳輔 雲南黑鹽井提舉
沈顯曾 大名府同知
張京尹 鎮江府通判以上宿州人
李逵 靈璧人應天衛經歷

州縣

王寶 貴州判
嚴勳 長蘆鹽大使
邵鑄 杭州鹽大使以上鳳陽人
潘哲 武定州判
郁升 達州同
陳惟忠 滄州判
李元芳 武岡州同
馬謙 浙江鹽大使
郁環 磁州同
葛文獻 簡州同
張紹正 福建鹽課大使
查田 浙江鹽課大使
趙宗沐 廣東鹽場大使
謝逵 江西赤湖河泊所大使
孟棟 山東鹽場大使
金橋 南京龍關大使
鄧希禹 廣東香山場大使

教職

張紳 壽州人通江訓導見鳳臺志

孟景純　光祿寺署丞
李培齡　光祿寺署丞
張京緖　國子監典籍
單竝　南京東城兵馬司以上宿州人

羅瑤　同知
曹昭　通判
謝翀　魯府審理見鳳臺志
楊璽　提舉
杜聰　兩浙鹽運判
胡簡　提舉
王選　有傳見鳳臺志
王傳　有傳見鳳臺志
吳謙　知府見鳳臺志以上壽州人

史官　浙江鹽大使
沈經　阜民場大使
任懋功　長蘆鹽課大使以上臨淮人
謝溙　東平州判
許國　富州同
楊逢元　瀘州同
周璋　古田知縣以上懷遠人
張應徵　定遠人泰安州同
周濂　判官

夏尚忠　判官
劉應期　澧州判官
蔡熠　郿州判官
劉愷　冀州同知
戴應期　曹州判官以上宿州人
王鑑　知縣
湯輅　知州
胡金　滄州判
劉檢　州判
張瑀　州判

童源州同

權濟中濮州州判以上壽州人

國朝

京秩

何雲翥 附生戶部雲南司郎中
何雲藻 郎中以上鳳陽人
朱傳均 懷遠人郎中
何炳宗 廩生戶部江西司主事
方藻林 戶部員外郎
方玉璞 戶部雲南司郎中
方濬觀 光祿寺署正以

巡撫司道

王葆生 附貢生辰沅永靖兵備道
田端書 附生江蘇知府道員用
王彥 貴州知府候用補道
王之藩 臨江知府補用道通志藩作蕃誤
王之同 四川知府補用道以上鳳陽人
宮兆麟 有傳
林士琦

府廳直隸州

田歲取 建昌通判見通志
田勤生 有傳
柳增夔 同知
李思謙 廩生江蘇直隸州知州
吳元漢 宜興知縣知府
柳鎬 廣東通判
王葆元 湖北知縣補用知府
柳增秀 廩貢廣西知縣升用直知州
柳增慧 江蘇知縣
詹聯芳 江蘇知縣補用直隸州
黃德衣 江蘇知縣補用同知直隸州

州縣

褚承愚 吉水知縣見通志
萬培元 磁州知州
柳承先 江浦知縣
黃汝颺 附生山東知縣
柳銘 直隸知州
柳增慧 山西知縣
朱孔揚 江蘇知縣
王治觀 江蘇知縣
王之全 豐縣知縣
王之和 湖南知縣
王經燦 山東知縣
吳璋 兩淮鹽大使
黃德彰 兩淮鹽大使
王鍾貴 兩淮鹽大使以上鳳陽人
郭啟昌 兩淮鹽大使
沈啟運 鳳陽知縣見通志按啟運臨淮人不應作本邑官或係鳳陽人官知縣志遂誤合之歟詳不可考姑照志錄以

教職

萬澐 附監生太和訓導
廣德州訓導
石錦章 附生太和訓導
張開福 附生旌德訓導以上鳳陽人
趙沆 建寧訓導見通志
進川宏 廩生

上定遠人
有傳
吳振藻 刑部郎中見通志
林介景 山東候補道
劉人選
丁洢 大理寺左寺正以上 思恩知府補用 道以上懷遠人
宿州人
方鴻 江蘇知府
鄧愀 廩貢候補道
生國子監學正
方臻大
謝焜 廩監甘肅平慶經道

王之述 兩淮鹽運判
萬鳴盛 兩淮鹽運判以
上鳳陽人
張愚溪 附生江蘇知縣
直知州用
張桂生 江蘇同知升用
進常五 江蘇知縣補用
直知州以上臨淮人
宋庭 有傳

上臨淮人
林士端 象州知州
宋傳燧 睢甯知縣
林士訓 嵩縣知縣
宋春畬 山東知縣
凌彝銘 附貢生印江縣知縣
田步七 兩淮鹽大使
林之涵 江蘇知縣
林之喬 有傳
凌漢 新城知縣

合肥訓導以上臨淮人
宋度 廩貢生吳縣訓導
林聚奎 有傳
林中杭 有傳
通志杭作抗
劉人中 廩貢生祁門教諭
林士傑 新陽

生國子監博士以上定遠人
又見鳳台志
孫傳晉 監生直隸知府
孫傳辰 監生刑部郎中補用道
又見鳳台志
孫傳樾 監生江蘇候補道
孫申祖 監生太常寺典簿
鄭修爵 河南同知道員用
孫家泰 有傳以上壽州

宮綺岫 有傳
宮樅 有傳
林倬奎 永州府知府
劉文澈 川沙廳同知通志作沙川通判
宋傳書 河南直知州
田艮 陝西知府
田均 四川通判
高保昌 山東知府
宮爾鐸 陝西知府

林之蘅 兩淮大使
林介顯 兩淮鹽大使
楊郁榮 附生山西知縣
林士矩 附生陝西知縣
林士超 附生甘肅知縣
林之楷 附貢生山西知縣以上懷遠人
凌奎發 廩貢生靈壽知縣
方玉琯 附生寶應知縣
方玉堅 浙江長林場大使

訓導
閔瑞南 有傳
宋載陽 有傳
以上懷遠人
許樽 祁門教諭
陳樅 太平訓導
陳樞 廩貢生資
德州學正
凌和錞 亳州訓導

人

孫毓淦 附生陝西候補道

韓慶雲 江蘇候補道

孫家穀 有傳以上壽州人

方長華 鳳台人同監生陝知

西候補道

丁珩 陝西漢興兵備道

吳承勳 山東鹽運使以上宿州人

附首領官

徐仲芳 江蘇布理問

田斯杰 左州知州補用直隸州以上懷遠人

方焯 廩貢生順慶通判

宋開衡 思恩府同知

陳鵬萬 常州通判

方玉鑒 福建海防同知

李蔭圻 處州知府

楊學培 蔭生江蘇知府

何廷頤 湖州府江陽廳

何維楨 河南壇圩同知

方詠沂 襄陽通判

方桂芳 雲南騰越同知

陳鍾琪 潞通判

陳鍾藩 附貢江甯知府

方鶱朗 嘉興鹽大使保升同知

方召棠 雲南通判

陳鈞師 通志有傳

武允臣 黃州府同知

武鴻鶱 浙江知縣

方若麟 姚州知州

方河清 福建鹽大使

凌保 增生萊蕪知縣

凌樹人 增貢四川知縣

凌燮 直隸知縣

何廷紹 平山知縣

方玉琯 附貢生寶應知縣

方汝靖 安州州判

方道濟 吳江知縣

凌道增 蘄州知州

陳蘭生 附貢生餘干知縣

方汝嘉 龍門知縣

方桂芬 泗水知縣

陳鍾藻 廩生陝西知州

凌厚增 清泉知縣

何維垣 廣東知縣

凌煜 湘陰知縣

方臻峻 增貢生什泉知縣

陳壽康 附貢生江蘇知縣

蔡應元 廩貢生滁州訓導

方玉玫 廩貢生昭文訓導

何廷颺 天長教諭

武錫周 太平教諭

汪紹勳 甯國訓導

凌焌 望江教諭

方士彝 廩貢生太湖訓導

方濬健 無爲州訓導以上定遠人

楊廷爀 廩貢生青陽訓導

李捷 訓導

孫崇祖 訓導

石振甲 有傳

孫毓棻 監生江蘇候經歷 銜職同知
孫傳準 江蘇布理問
孫振淮 江蘇布理問以上壽州人
吳恩覃 湖南布理問

凌樹楷 泰州鹽運判
方濬復 副貢生湖南丞
凌夢蘭 江蘇通判
方燕申 江西同知補用 知府
凌樹模 泰州鹽運判
方濬益 江蘇知縣升用直隸州以上定遠人
李彩 有傳

方鄭林 東安知縣
方維幹 三水知縣
方蔚林 棲霞知縣
方勳 增貢生雲南龍眼井大使以上定遠人
方時寶 有傳
孫克修 有傳
李擢 資州知州
孫錦堂 亳州知州又見鳳台志
孫愷元 增貢生甯海知州又見鳳台志

孫家鏞 廩貢生教諭
孫家霈 增生訓導
孫傳炳 增生訓導
徐元春 附生懷甯訓導
周靜怡 訓導
劉錫九 增生訓導

鄭言紳 江蘇布理問
吳恩榮 廣東布照磨以上宿州人

李程蓮 有傳
趙孔德 有傳
孫炳圖 有傳又見鳳台志
顧麟現 河南同知
孫誥祖 有傳
裴仁壽 泉州通判
孫傳璨 四川通判又見鳳台志
孫多璐 廣東同知

韓殿榮 平江知縣
戴華藻 附生東鹿知縣
張榮升 蒲城知縣
張元會 有傳
裴繼業 直隸豐財場大使
李葆森 直隸州知州
孫傳豫 浙江鮑郎場大使
孫傳溶 監生湖北知縣
孫家丞 廩貢生浙江知縣

王珊森 廩貢生訓導
葉蔭棠 有傳
周備五 廩生霍邱教諭
朱承沛 [illegible]訓導
楊佩箴 附生訓導

孫傳瑩 監生江南通判
孫家澄 監生江蘇知縣升用同知直知州
張錫嘏 有傳
孫家瀚 監生湖南同知升用知府又見鳳台志
孫傳樞 湖北通判
孫傳湘 監生山東通判升用知州
孫傳翽 直隸知州

孫傳棨 監生甘肅知縣
朱公純 江蘇知縣
李世恩 有傳
孫家望 直隸知縣
孫傳愈 增生兩淮鹽大使
姚德鈞 江蘇知縣
孫傳恩 廩貢生江蘇知縣
韓霨 兩淮鹽大使
柏蘭芬 增貢生江蘇知縣
孫多耀 臨安知縣以上壽州人

劉彥卓 有傳
黃坤元 有傳
孫傳棟 廬州訓導
余士玉 有傳
陶瑞生 廩貢生教諭以上壽州人
余存仁 訓導
張馥清 廩貢生訓導以上鳳台人

趙懌芳 廩生直隸通判
邵醴泉 江蘇知府
周常典 附生直隸通判
王榮瑞 甘肅直隸州知州
余鈞恩 浙江知府以上壽州人
王玉田 有傳
鄭巨川 徽江知府
鄭鑑 化州知州

王士鍵 有傳
王錦 有傳
王映奎 四川雲安場鹽大使
王曜奎 監生睢州州同
鄭廷棟 濟甯州判升用知縣
方長惠 陝西知縣
鄭修常 陝西知縣
孫家鵠 附生江蘇知縣又見壽州志以上鳳台人
陳堯 普安知縣

呂茂淑 廩貢生通州訓導
趙志華 廩貢生六安訓導通志華作章
陳化平 有傳
郭麟閣 教諭
房遐振 廩貢生亳州學正以上宿州人

鄭晟 江南知府
鄭修業 光州知州
徐思安 附貢生金華水利通判以上鳳台人
戴應斗 大名府同知
吳堯佐 雷州同知
丁湞 雲南鹽提舉
張棪 順慶通判改平魯知縣
周田疇 江蘇知府

丁廉生 光澤知縣見通志
黃燈 廩生河南知縣
趙惟賢 廩貢生南豐知縣
李心潔 附生山東知縣
王效孔 江蘇知縣
張夢元 監生浙江州同
趙渙 有傳
秦廣鏞 有傳
張景賢 有傳
黃勳 附生臨江知縣

陸夢元 靈璧人廩貢生休甯訓導

吳恩綸 瑞州府同知
邵景書 廩貢生江蘇同知以上宿州人
王蘊渠 江蘇海防同知
王蘊莪 福甯知府以上靈璧人

高登嵐 山東知縣
張煥文 湖北知縣
楊玉蒨 山東知州以上宿州人

明 異途仕進

武職

將軍 總兵

提督

盛大宏 壽州人九門提督見盛氏家譜又見鳳台志

歐盤 廣西副總兵

呂圻 鎮國將軍以上宿州人

劉征 靈璧人鎮武堡副總兵

副參游 附留守

施理 中都副留守

施忠 理子正留守

沈纘曾 杭州游擊以上宿州人

都守

王修巳 吳淞營守備

王養忠 世襲守備

張國化 泗州守備

周蔭嗣 安慶守備

伯宏勳 湖廣都司

沈養正 一元子守備

沈光先 養正子守備

蔡址 本衛守備以上宿州人

李呈芬 靈璧人守備

國朝　武職

提督總兵 侍衛附

駱國忠 有傳

王鳳鳴 提督官巴里坤總兵

向慕榮 總兵

高元坤 總兵兩江督標補用副將

以上鳳陽人

郭寶昌 提督官壽春鎮總兵

郭熙昌 總兵

郭瑞昌 總兵以上臨淮人

康錦文 通志云有傳

陳鳳樓 提督徐州鎮總兵

梅東益 記名提督

鄧玉峯 提督

張懷玉 總兵以上懷遠人

韓殿甲 有傳

韓殿爵 總兵

韓晉昌 永州鎮總兵

宋鳳儀 總兵

宋淮森 提督補九江鎮總兵

副叅游

李華 督標游擊

駱國楨 副將通志楨作李

畢成陞 副將通志作臨淮人

萬金龍 壽春營游擊

向壽祺 副將見通志

趙世良 有傳見通志

陶得輝 有傳見通志

陳永甯 廣西提標游擊通志甯作凝以上鳳陽人

郭恒昌 副將

邢萬揚 副將

進世霖 兩江參將以上臨淮人

康錦標 通志有傳

邱明禮 河南撫標副將

宋煥章 副將以上懷遠

蔡德勝 有傳

張士傑 有傳以上定遠人見通志

潘廷選 游擊補六安營守備

都守

孫琳 廩生泗州衛守備

黃麟 廩生四川忠州營都司

原璋 蕪采營守備

楊如教 廣東肇慶營守備

馬得洪 都司補九江鎮標守備以上鳳陽人

廖純 廣東守備

韓立本 河南守備以上懷遠人

劉青山 河南撫標都司

吳奎森 都司補龍山營守備以上定遠人見通志

賈舫 有傳

楊大受 太原左營都司

黃玉 徽州營守備

葛完國 直隸都司

姚殿物 守備見通志

宋玉魁 守備補龍山營千總見通志

錢玉興 總兵
楊岐珍 提督補丹山鎮總兵
蔡金章 提督
蔡福成 提督
張佩芝 有傳
葛勝林 總兵
李錦章 總兵補江西廣信營參將
黃啟明 總兵
黃瑾 提督
耿鳳鳴 總兵

朱淮俊 潛山營守備
張福生 有傳
陶麟徵 提標游擊
方登庸 副將補鎮標游擊
權大勝 兩江督標參將
桑儒修 兩江督標參將
朱公達 兩江督標游擊
言學盛 副將補朝陽營游擊
劉興邦 有傳又見鳳台志
柏雲章 有傳

趙元龍 有傳通志云又見鳳台志誤
李馨遠 守備
權珍重 守備
殷扶保 附薛映遠傳通志云又見鳳台志誤
張春發 有傳
李坦 鳳陽守備
吳雲祥 廬州營都司
陳步雲 有傳

梁秉成 提督以上壽州人
劉廷 有傳
徐登善 有傳
朱元興 提督補甘肅安西副將
宋朝儒 提督現官壽春鎮總兵
徐思忠 提督
陳學堂 總兵
朱步雲 提督
徐全喜 總兵
邵開 有傳

朱淮源 有傳
薛鴻春 河南游擊
丁映昇 兩江參將
張廣奎 兩江督標參將
王雲章 游擊補龍山營把總見通志以上壽州人
黃義之 河南永城營參將
朱錦標 永州鎮標游擊見通志
徐思祥 兩江督標副將
徐立壯 有傳

唐佑之 都司補龍山營千總見通志以上壽州人
王振坤 兩江督標都司
梁治成 武生壽春營守備
穆安邦 守備又見壽州志有傳
李世貴 兩江守備
王玉堂 都司
吳希成 兩江督標都司
詹文奎 壽州總標都司
梁建銘 安徽撫標都司

王福祿 提督
吳寶麒 藍翎侍衛補懷城都司
左克成 提督以上鳳台人
歐玉標 有傳
王豹文 有傳
楊占先 提督補亳州營都司
李占標 提督
王盤 提督
李占魁 提督
張長安 提督

徐映川 兩江督標游擊
吳標 參將
陳保清 兩江督標參將
王寶山 陝西副將
朱冠華 河南參將
鄧成先 有傳
盧有全 大名府游擊以上鳳台人
王樹楠 有傳
任傳福 兩江副將
戴守禮 山東副將

宋學信 守備
王學敏 潛山守備以上懷遠人
劉國鳳 上海守備
秦攀魁 武生湖南寶慶營都司
崔天保 無爲州守備
王從儉 贛縣守備
季占中 都司贛榆守備
王廣先 有傳
周恒義 守備通志云有傳
王九齡 徐州鎮標守備

宋得勝 提督現官汀州鎮總兵
王心忠 總兵
馬心勝 總兵補庫爾哈喇烏蘇營游擊
王紹烈 總兵
趙克敏 總兵
李壯猷 總兵
王廣越 總兵
朱光祿 總兵
王樹標 總兵

戴景明 副將補龍山營守備
王文光 河南撫標副將
黃文光 福建督標副將
馬心玉 陝甘副將
吳永紹 兩江參將
婁東文 兩江參將
黃書猷 兩江參將
王玉成 參將
劉紹軒 參將
任之宣 兩江參將

陳永芳 徐州鎮標守備
秦學禮 都司見宿志以上宿州人

秦攀蓉有傳見通志以上宿州人

張洪業號璧人記名提督

馮景尼河標副將見通志

劉廷幹游擊通志云有傳

任之濬直隸督標游擊

張記廷兩廣督標游擊

周廣仁直隸督標游擊

夏青雲直隸提標游擊

吳世修參將補龍山營守備

王陸貞參將

孫景福通志云有傳以上宿州人

耆典

明

鳳陽	楊榮 臨淮八字維盛號東溪好善樂施御史王鼎旌爲善八年九十詔賜粟帛　丁珍 臨淮人號潤菴舉鄉飲賓年八十餘　唐綱　周銓　周紀　周英　周華　黃裕　陳洪　宣昭　張煜
懷遠	張鸞 百有十六歲　翟璧 百有六歲　支一元 百有一歲　段珙 九十三歲
定遠	張翥 年一百十五歲　張源 年百有五歲　許瀚 年一百歲　徐檜 年九十一歲　凌有臺 八十四歲廩生鄉飲賓　魏好 百有二歲　盛世元 九十三歲鄉飲賓　葉欽 八十一歲通判
壽州	毛騰壽 衛百戶孝親友弟四世同居年逾八十人未見其忿爭鄉黨咸式之　薛洪 字宗海好學力田孝養父母舉鄉飲次賓年八十卒
鳳臺	
宿州	
靈璧	

張燈

周志伊 以上臨淮人皆舉鄉飲賓

謝貞 年九十五歲

趙全璧 歲貢八十三歲

李楫 八十二歲驛丞

錢士俊 八十七歲選貢

王松 九十九歲

凌煙臣 八十二歲庠生

彭北樓 九十歲庠生

楊國坊 八十二歲庠生

杭欽 八十四歲

杭泰 八十二歲

陳準百有五歲

李懋科文生八十二歲

陳以信九十五歲

陳璐八十三歲

陳諫八十三歲

陳璿八十九歲

陳應善九十一歲

陳雲八十七歲

穆永照八十一歲由附生舉孝廉方正

國朝盛以鼎 常廷士 謝志桂 袁友三 徐宏道五世同堂 李元培 田啟

楊琇
楊茂齡
以上三人年皆八十以上乾隆元年授八品頂戴
楊嶙字仲嶷庠生素行端正樂志琴書並能詩書九十五歲兩舉鄉飲賓
張一新字振伯年九十六歲庠生好善樂施鄉里德之康熙五十三年奉詔入京朝賀萬壽賜椺杖銀絹二子俱庠生長夢

百三歲乾隆三十九年旌
陳天中年百歲乾隆三十九年旌
吳邦選百一歲乾隆四十六年旌賞上用緞一匹銀十兩
方瑾年九十七歲乾隆間旌
徐九如年九十二歲五世同堂
朱元怡八十四歲
吳相八十四歲

百有八歲謹厚好善治家有法孫曾數十人五世同堂
徐允謙八十二歲
王希陽庠生八十四歲
岳應詔八十二歲
王公命八十二歲
凌靄八十三歲
彭達八十六歲
苗潔九十六歲訓導
胡選八十一歲

百有十八歲
戴潤百有五歲
萬化年百歲
魏洪山年百有二歲
張佐年百有二歲
張傳鳳年百歲
梁俊傑年百有一歲
張恪年百有三歲
呂吉臨年百歲
梁杶年百有三歲光緒九年旌

吳琊字獻廷監生年九十三歲
吳輝先字纘祖監生敦品好學年逾九秩
皇甫仁年百歲
皇甫晉年八十九歲仁子
王克明百有六歲五世同堂
吳麟字聖瑞敦厚純樸嗜讀書年八十八賜粟帛舉鄉飲大賓
黃立德年九十歲五世同堂
劉國棟年九十歲五世同堂
吳潔九十一歲
吳涇九十歲
張時琦年百歲
張時傑九十九歲

年八十餘康熙四十二年給絹一匹綿一斤米一石肉十斤
楊爾俊年九十餘康熙四十二年給絹二匹綿二斤米二石肉二十斤
孫璣八十以上
魏思富九十以上
朱麟書八十四歲
王文瑞八十一歲
趙元吉九十一歲自孫璣以下乾隆三

元九十四歲康熙四十八年大水流離載道啟光施粥救濟全活甚眾
楊心田百有六歲
趙盛魁百歲妻張氏壽同光緒十六年賜熙朝人瑞扁額

松八十六歲次夢竹八十八歲皆蒙恩賚

莊國敬八十六歲康熙五十三年奉詔入京朝賀子又俊庠生八十四歲恩賚粟帛

陳愫八十五歲
施震復文生八十七歲
陳惺文生八十歲事母孝舉鄉飲賓
陸陽九十歲
陳恕八十

胡有文百有四歲
郝林萬九十九歲
李成業同妻張氏年俱九十五世同堂
董金元年百歲
董金奎

吳星文九十四歲
盛際顯九十三歲
高百齡年九十歲
王均九十二歲
吳錦文九十歲
王炳如九十歲
李明發九十歲捐貲修界溝集西橋又捐地二十畝於高皇廟外栽樹
毛桐林九十八歲

年給八品頂戴
甯伯祿一百二歲乾隆四十七年詳請建坊
張如玉七十八歲嘉慶元年給九品頂戴

王君愛臨淮人乾隆三十二年年百有五歲受米肉絹布之賜四次

柳廷錡百有三歲賜七葉衍祥扁額建昇平八瑞坊

六歲
陳元璽八十六歲
彭立學文生八十八歲
陳元球八十歲
馮昕八十四歲
陳鵬翰

年百歲
賈名惠年九十四歲
李梓林九十歲
朱崑山九十八歲
楊喜恩九十九歲
常昱百有

謝年登字豐亭年九十二歲孫曾滿堂
王曜奎九十二歲五世同堂河南睢州州同
呂本九十歲
王大恩九十六歲
朱逢春九十一歲五世同堂
黃連舉九十五歲
世同堂

歲貢八十四歲
楊開祚　文生八十五歲
陳鵬翀　增貢八十四歲
彭必勝　八十七歲
陳春陶　文生八十三歲
蘇紹軾

一歲
張士清　同妻隗氏皆九十四歲
呂積臨　九十五歲
方蘭　九十五歲
葉士英　九十三歲

王福有　九十三歲
廖鵬鑑　布衣安貧樂道九十三歲
袁循忠　監生道光間水災助振捐石條二百餘築堤禦水九十七歲五世同堂
王寬　九十歲
李步武　九十歲候選州同

訓導八十六歲
穆士才　歲貢八十二歲
劉丹書　九十歲
陳樅　通州訓導八十九歲
穆國瑜　八十六歲
凌和鎬

張鳴清　九十七歲
張廷愷　九十三歲
陳懷鍏　九十三歲

曹有倉　九十歲
王周　九十一歲
夏文達　九十五歲
童寶珍　五世同堂
高永錫　九十二歲
桂映霓　文生與妻俱九十五歲五世同堂
張政國　九十二歲
張立本　九十歲
張時權　九十歲

訓導八十八歲

穆永豐 增生八十三歲

徐模 八十九歲

穆大周 八十歲

王興純 文生八十歲

陳元綬 九十四歲

羅士隆 八十六歲

何汝梅 八十二歲

王復初 九十四歲

蔡天縱 文生八十一歲

蕭友白

張萬全 九十歲

李撰 九十歲

王豐 同妻年俱九十歲

郝華 八十九歲

王金朋 九十七歲

馬廸青 九十三歲

馬有先 九十歲

馬有洪 有先弟八十七歲

詹志昌 九十七歲

程克訓 九十一歲

張用輝 號玉涵監生敦品力學年九十二

柳星彩 九十歲

廖大學 八十九歲

金多 九十五歲

廖鵬揚 時年八十九

李堅 九十歲五世同

八十歲

王鈞　文生

八十一歲

呂淑培　八十一歲

葉松　八十六歲

穆士英　庠生八十二歲

凌和鑾

堂

王延齡　精醫療人不責謝時年九十

張久齡　時年九十一

王鳳儀　九十四歲

邊畏三　九十二歲

詹殿　與妻徐氏俱九十三歲五世同堂

王輝　九十八歲

八十歲

王與沔　八十五歲

王安國　八十二歲

周正明　庠生八十四歲

吳秀川　八十四歲

杭貴　八十

營天有　九十九歲弟天榮九十三歲子賓九十歲

馬廷楝

王廷高

鄧廷輔　以上年皆九十

岳克超　精醫療人不索謝九十八歲

呂希游　九十二歲

二歲恩賜八品

樊璽　八十二歲恩賜八品

杭志仁　八十一歲

張加傑　九十四歲五世同堂

岳心潤　九十四歲以醫濟世

蘇泰磐　九十歲

李懷王　九十歲子煥章林清俱八十八歲

李懷祥

管茂文　皆九十一歲

趙東陵　九十歲

趙士雄　九十八歲

楊逢元　庠生八十一歲

楊孔培　八十歲

孫國朝　八十八歲

趙楨　九十八歲妻尹氏壽同子尚信年八十八

趙永壽　九十歲

陳鳳年　九十二歲

程永生

王耆儉

王栲　以上三人皆九十歲

胡堂清　九十六歲

岳肇修　九十歲

所傳述監生九十二歲

孔珣九十四歲五世同堂

吳相九十三歲

吳濤九十歲

曹永川九十三歲

王居培鳳臺云現年九十

劉智悅九十七歲

廖鵬翎九十三歲

孔憲殷九十歲

王坦工繪事九十歲

胡金聲九十歲

陳坤字孟堪著有課蒙吟年百歲

鄭綿陽九十歲

辛紹和九十歲

繆懷寶九十歲

石文秀鳳臺志云

現年九十二歲
石大高 鳳臺志云
現年九十一歲
魏福昌 鳳臺志云
現年九十歲
陳化錦 與妻張氏年俱九十五世同堂
張廷玉 九十歲
張連堂 九十歲
蘇全 鳳臺志云

現年九十一歲
蘇朝清 九十六歲
蘇錦堂 鳳臺志云
現年九十歲
朱全 九十四歲

光緒鳳陽府志卷八

疆域攷分野　至到　形勢　風俗

星埜之分以地球攷之蒙不謂然顧其說甚古由來尚矣春秋元命苞牽牛流爲揚天氏流爲徐鉤鈐別爲豫今鳳郡實跨有三州舊聞宜甄錄也至於

皇朝賜履計里辨方南北分爭長淮天塹攬中都之形勝觀七邑之民風兼采史志悉具於篇述疆域攷

分野

斗牛女在丑吳越分野　揚州之域

周禮保章氏以星土辨九州之地所封封域皆有分星鄭康

成注十二次之分星紀吳越也

爾雅釋天星紀斗牽牛也郭璞注牽牛斗者日月五星之所終始故謂之星紀

春秋元命苞牽牛流爲揚州五星主熒惑

史記天官書牽牛婺女揚州漢書天文志同

漢書地理志吳地斗分埜也今之會稽丹陽豫章廬江廣陵六安臨淮郡盡吳分也

續漢志注引星經玉衡第六星主揚州

晉書天文志魏太史令陳卓云自南斗十二度至須女七度爲星紀於辰在丑吳越之分野屬揚州隋書地理志同

晉書天文志又云費直說周易蔡邕月令章句所言頗有先後費直起斗十度蔡邕起斗六度爲星記

唐書天文志斗牽牛星紀之次也丑初起斗九度中斗二十四度終女四度其分野自廬江九江負淮水之南盡臨淮廣陵至於東海注廬壽和濠揚皆屬星紀也

明史天文志鳳陽府壽滁等州府皆斗分

今按鳳陽府鳳陽縣臨淮鄉定遠縣壽州皆屬揚州之域

奎婁胃在戌魯分野　徐州之域

周禮保章氏分星下鄭康成注降婁魯也

爾雅釋天降婁奎婁也郭璞注奎爲溝瀆故名降

春秋元命苞天氏流爲徐州五星主歲星

史記天官書奎婁胃徐州漢書天文志同

漢書地理志魯地奎婁之分野也東至東海南有泗水至淮皆魯分也

續漢志注引星經五星之分野歲星主泰山青徐兖又玉衡第一星主徐州

晉書天文志自奎五度至胃六度爲降婁於辰在戌魯之分野屬徐州隋書地理志同

晉書天文志又云費直起奎二度蔡邕起奎八度爲降婁

唐書天文志奎婁及胃降婁之次戌初起奎二度中婁一度

終胃三度其分野東至於呂梁東南抵淮水而東盡於徐夷之地

明史天文志鳳陽府之泗邳二州五河虹懷遠三縣皆奎婁分

今按鳳陽府之懷遠縣宿州靈璧縣皆屬徐州之域

房心在卯宋分野　豫州之域

周禮保章氏分星下鄭康成注大火宋也

左傳心爲大火　商主大火

爾雅釋天大辰房心尾也大火謂之大辰郭璞注龍星明者以爲時候故曰大辰

春秋元命苞鉤鈐星別爲豫州五星主鎮星

史記天官書房心豫州漢書天文志同

續漢志注引星經五星之分野鎮星主嵩高豫又玉衡第七星主豫州

晉書天文志自氐五度至尾九度爲大火於辰在卯宋之分野屬豫州

隋書地理志同晉書又云河南淮之星次亦豫州之域按隋時豫州汝陰郡五縣有下蔡即今鳳臺縣

晉書天文志又云費直起氐十一度蔡邕起亢八度爲大火又云房心宋豫州沛郡入房四度淮陽入心一度按晉時沛郡治相今

宿州

唐書天文志氐房心大火之次也卯初起氐二度中房二度終尾六度其分野東南抵淮西南

明史天文志徐宿二州及壽州皆房心分

今按鳳陽府之宿州壽州鳳臺縣皆跨豫州之域

坿史傳雜占分野之說

春秋文曜鉤揚徐二州屬權星

史記天官書吳楚之疆候在熒惑占於鳥衡宋鄭之疆候在歲星占於房心

又天官書丙丁江淮海岱漢書天文志同

又天官書凡望雲氣江淮之間氣皆白漢書天文志同

晉書天文志熒惑楚吳越以南

隋書天文志陳宣帝太建十年二月癸亥日上有背占曰其野失地有叛兵甲子吳明徹軍敗於呂梁來年淮南之地盡没於周

唐書天文志北斗之分亦屬權星

開元占經引論語讖上台上星主兖豫下星主荆揚下台上星主青州下星主徐州

太平御覽引論語讖兖豫屬上台荆揚屬下級徐州屬下下

宋均注九州繫於三台下級上之下等台下下者下台之下

也

宋史天文志三台六星上台下台主荆揚

明史天文志星官在二十八宿之外者東井南垣之東四星曰四瀆江河淮濟之精也

明袁文新鳳陽新書云鳳陽天官淮南都城候在熒惑占於南斗淮北王莊候在歲星占於降婁　春秋魯成公五年有星孛入於北斗水孛歸垣也入則兵散故公會宋公同盟于新城叔孫僑如會吳鍾離　昭公二十有三年有星孛于大辰大辰火也水孛來侵乎火故吳伐州來楚薳越帥師及諸侯之師奔命救州來吳人禦諸鍾離二十四年吳則滅巢及

鍾離兩還爲故孛星見則咎在淮南　漢景帝二年長星見西方其本值尾箕末至牽牛及天漢十六日不見熒惑逆行守北辰歲星逆行天廷中吳王楚王七國遂反長星太白也見西方主兵本末值其所則七國之災也熒惑逆行主奸人煽惑聽熒之兆惟長星見歲星移則咎在淮北

至到

鳳陽府

東至泗州盱眙縣界一百八十里

西至潁州府潁上縣界二百四十八里

南至廬州府合肥縣界一百五十里

北至徐州府蕭縣界三百二十三里朱雲錦皖省志略云北至江蘇徐州府蕭縣界三百三十里

東南至滁州治二百二十里

西南至六安州界三百三十里

東北至徐州睢甯縣界二百四十里

西北至河南歸德府治五百五十里

東西廣四百二十八里

南北袤四百八十里

距安徽省七百二十里距江甯省三百二十里距

京師一千九百八十五里朱雲錦皖省志略云鳳陽府治在安徽省治北六百七十里

鳳陽縣在府治西三里

東至盱眙縣界六十里皖省志略云東七十里至上店鋪泗州盱眙縣界西四十五里至陶家店懷遠縣界南五十里至卸甲店定遠縣界北六十里至濠關鋪靈璧縣界

西至懷遠縣界蚌埠四十里至懷遠縣治七十里

南至定遠縣界分界嶺五十里至定遠縣治九十里

北至靈璧縣界七十里至靈璧縣治一百八十里

東南至紅心驛七十里

西南至樓子店七十里與定遠懷遠兩縣交界

東北至淮水北岸鳳橋集二十里與五河縣界

西北至王莊驛北六十五里與靈璧縣界

東西廣一百四十里皖省志略東西距一百十五里南北距一百十里

南北袤一百三十里

懷遠縣東南距府治七十里

東至鳳陽縣界蚌埠三十里至鳳陽縣治七十里

西至蒙城縣界潑村九十里至蒙城縣治一百四十里

南至壽州界黑河七十里至壽州治一百四十里

北至宿州界蟹河九十里至宿州治一百七十里皖省志略北七十里至澥河中流宿州界

東南至定遠縣一百八十里

西南至壽州一百四十里

東北至靈璧縣一百八十里

西北至徐州府三百六十里

東西廣一百二十里

南北袤一百六十里

定遠縣北距府治九十里

東至滁州界清河鄉七十里至滁州治一百八十里皖省志略東七十里至岱山鋪滁州界西九十里至北鑪鎮壽州界

西至壽州界土山九十里至壽州治一百八十里

南至廬州府界高塘鄉六十里至合肥縣治一百八十里

北至臨淮鄉界湛澗鋪四十五里至臨淮關九十里皖省志略北四

十五里至湛澗鋪鳳陽縣界

東南至全椒縣一百八十里

西南至廬州府一百八十里

東北至盱眙縣二百二十里

西北至懷遠縣一百八十里

東西廣一百六十里

南北袤一百五里皖省志略南北距一百五里

壽州東北距府治一百八十里

東至定遠縣界北鑪橋九十里

西至正陽鎮潁上縣界六十里

南至六安州界牌一百五十里

北至城濠肥水與鳳臺縣界皖省志略北半里至鳳臺縣界

東南至桑科合肥縣界一百五十里

東北至東津渡鳳臺縣界五里

西南至霍邱縣界七十里

西北至鳳臺縣界沿河二里

東西廣一百三十里

南北袤一百二十里

鳳臺縣東南距府治一百八十里

東至懷遠縣治一百五十里皖省志略東五十里至[illegible]懷遠縣界西六十里至楊家

腦潁川府潁上縣界

西至潁上縣治一百二十里

南至壽州治三十里

北至蒙城縣治一百五十里

東南至洞山七十里與懷遠縣界

西南至潁上縣治一百三十里

東北至懷遠縣一百八十里

西北至阜陽縣治二百四十里

東西廣一百四十里

南北袤一百二十里

宿州 南距府治二百四十里 皖省志略州治在府治西北二百三十里

東至靈璧縣界徐圍鋪六十里至靈璧縣治一百二十里

西至河南歸德府永城縣界新安鋪一百里至永城縣治一百四十里

南至懷遠縣界肥河八十里至懷遠縣治一百七十里

北至徐州府蕭縣界胡辛莊九十里至徐州府治一百八十五里 皖省志略北九十里至胡辛莊徐州府蕭縣界

東南至臨淮關二百三十里

西南至蒙城縣一百二十里

東北至徐州邳州二百二十里

西北至徐州府蕭縣一百五十里
東西廣一百六十里
南北袤一百七十里
靈璧縣南距府治一百七十七里皖省志略靈璧縣治在府城西北一百八十里東十五里至泗州界
東至泗州界三十五里
西至宿州界大店六十里至宿州至一百二十里西五十里至葛家店宿州界
南至五河縣界澮河一百四十里至鳳陽縣治一百八十里南一百三十里至淮河中流鳳陽縣界
北至泗州界雙溝一百四十里北一百三十里至雙溝集黃河涯徐州府界

東南至五河縣一百二十里
西南至懷遠縣一百八十里
東北至徐州府邳州睢甯縣一百五十里
西北至徐州府蕭縣二百二十里
東西廣七十五里
南北袤二百七十里皖省志略東西距六十五里南北距二百六十里

形勢

鳳陽府

後魏高閭論壽陽盱眙淮揚三鎮淮南之本原今則黃河合桐柏之流而中注當塗領衆山之秀而周旋東連大海南抵

長江淸泗徑其北汝潁會於西控兩淮之要據三口之險
宋張浚疏淮東宜於盱眙屯駐以扼淸河上流淮西宜於濠壽屯駐以扼渦潁之運
宋眞西山集淮東要害在淸河之口淮西要害在渦潁之口欲固兩淮先務三口

鳳陽縣 臨淮縣附

唐李紳四望亭記雲山左右長淮縈帶下達淸流傍瞰城邑
宋眞西山集有濠梁之遮蔽則敵始不得以走歷陽
宋王應麟玉海阻淮帶山荆山在西濠水合流南北朝爲重鎭

元史地理志阻淮帶山爲淮南之險
明連南夫修城記長淮引桐柏之源橫其北石梁會衆水之流環其西兩水中注介於城闉

懷遠縣

康熙府志荆塗對峙渦淮合流洪頭石峽屹若龍門二水瀠洄滙老天塹據險臨深誠濠泗之上游江北之屏翰也

定遠縣

康熙府志境連八邑衢通九省大横韭山峙列於左右華蓋泉塢蟠距於前後旣遠沘洛之水復分楚漢之泉

壽州

晉周顗書淮揚之地北阻塗山南抗靈嶽名川四帶有重險之固是以楚人東遷遂宅壽春且漕運四通無患空乏

晉伏滔正淮論南引荊汝之利東連三吳之富北接梁宋平塗不過七百西援陳許水陸不出千里外有江湖之阻內有淮淝之固

南齊書州郡志壽春淮南一都之會地方千里有陂田之饒

唐羅珦德政碑東南樞轄淮海內屏

康熙府志戰國爲吳楚交會六朝爲南北要衝扼淮上流水陸輻輳

鳳臺縣

鳳臺縣志硤石峙其東肥水流其西卓犖荊河神基巨鎮八公可資扼塞草木猶有餘威

宿州

明柳瑛中都志羣峰聳於西北平野綿亙於東南地連徐豫之境路當淮泗之衝

靈璧縣

康熙府志北枕磬山南橫汴水左跨鹿鳴右峙鳳儀舟楫通淮泗車馬達青徐水陸交會之地也

風俗

鳳陽府

鳳陽縣

隋書地理志尚湻質好儉約喪祭婚姻率漸於禮

太平寰宇記性率眞直賤商務農其食秔稻其衣絁布地帶淮河可通舟楫

宋史地理志土壤膏沃有茶鹽絲帛之利人善商賈鄽里饒富多高貲之家

鳳陽新書衣冠文物之鄉鄰戚相助喪葬相賙殊敦古誼

濠梁志云在城務商賈在野勤稼穡百年無告訐之風父老以不至公庭爲美

舊府志引錢子文記云濠水之上淮江之間惠莊隱士昔所游處淮南賓客集而著書風流所被文詞並興

懷遠縣

明柳瑛中都志云盡力農桑人有恒業遺秉滯穗之利惠及鰥寡有豳民之風焉

定遠縣

中都志士習詩書才產文武婚姻喪葬互相賙恤有古鄰保相助之遺意焉

壽州

壽春圖經其俗尚武稍習文辭務儉勤農知慕孝行

太平寰宇記云性率眞直人尚節義

舊府志山川風氣剛勁故習俗直朴民力耕桑

鳳臺縣

李兆洛鳳臺縣志云漢書地理志曰沛楚之俗急疾顓己下蔡攷沛也俗儉嗇飲食衣服之靡少千金之子比屋可數猶鶉衣蔬食或好游俠輕死而易鬥

宿州

中都志云士勤學問民務農商有淳厚之風禮讓之俗

宗應奎進士題名記地闢民聚風淳俗美發身庠序雖未嘗乏人而質朴少文者居多

康熙府志引古志云土曠民稀勤於耕種牧養蠶績乃其常業又引元志云喜學問從教化雖兵革之餘猶有是心

靈璧縣

中都志云士人好學黎庶勤耕嫁娶相資患難相卹有太古之遺風

康熙府志引古志民性朴直而向儉素又引舊志民直遂而易導化士尙氣節而薄委靡

靈璧志云尙氣節薄委靡孝義有人而桀驁任俠者亦復不少

光緒鳳陽府志卷九

山攷

古者以山紀國紀地如塗山見於虞書春秋傳是也說者謂萬國之君豈能執玉帛於塗山上蓋統今郡縣地塗說文作嵞从二山則知包荆山而言也故莫邪山多支山統曰莫邪八公山多支山統曰八公皆見水經注紀山紀地取其依傅今鳳郡以鳳皇山得名則編志者宜首敘如南山經之首北山經之首亦古例也山名非一仍由縣分宣气散生於斯考見述山攷

鳳皇山在府北縣東府治之主山也三峯相聯勢如鳳翔故名

中峯曰萬歲山明初築皇城於此大祖命名焉其東曰日精其西曰月華月華山舊名馬鞍山日精山舊名盛家山盛家山巔有洪武御書第一山碑下有龍興寺其西有九華山山有地藏盦

獨山在鳳陽縣東三里明初置觀星臺於上輿地紀勝云王欽若墓前山也

五頭山在鳳陽縣東十里鳳陽新書云成祖於此駐蹕

蔣山在鳳陽縣東二十里梁時鍾離之捷梁主夢金陵蔣山之神許助以兵遂立祠祀於此因以名山或曰即瞿相山臨淮縣志瞿相山在縣西南二十里無蔣山

闌干山在故臨淮縣西二十里山相連如闌干狀

鼉龍山在故臨淮縣東南十五里

鹿塘山在故臨淮縣南二十八里山下有白鹿塘又縣南三十五里有畱甫山下有畱甫郵五十里有小橫山

峰子山在故臨淮縣東十八里一作風字山有小山相連

昇高山在故臨淮縣西南五十里居民九日登高處鳳陽新書云濠水之所會

黃古山在鳳陽縣東南四十里

青山在鳳陽縣東南四十里山木常青澗水出焉流而注爲東濠按山東西長六七里其南岡巒甚多土人各立異名其實皆青山支絡也

平路山在鳳陽縣東南四十里其高五里其崖巉峭

濠塘山在故臨淮縣南六十里寰宇記山泉灌濠成塘故名山有石穴出鍾乳又名鍾乳山又名白雲山鳳陽新書云東濠水出焉北流注合於西濠

梅城山在故臨淮縣東四十里下有梅城郵又東十里曰石門山雙山在故臨淮縣東四十里山有二峯

化明山在故臨淮縣東六十里隋置化明縣因以名山

雲母山在府治西南三十里雲母石出焉久服輕身延年悅懌不老耐寒寰宇記彭祖所服食采於此周迴三百里重巒疊嶂林木蓊鬱其南盔兒口東南曰碓梈山西南曰靈山曰石膏山

本州濠州產石膏

善山在府治南四十里一名翊聖山入南山之要徑離山一作利山一作尨山皆一音之轉為雲母之首迤邐東南四五十里由郡城望之高下參差如屏障之列於前也東南十里曰骨鋤山其南曰長山又南曰砧山又南為紅嶺紅嶺西南即分水嶺骨鋤山東有小山二曰草山曰紅山紅山東為王家大山又東為呂山為張家大山東與耿家山相對諸山皆外一層其在內者砧山東有沙窩山沙窩東有龍窩山龍窩東北山腰有仙人洞洞口大如屋平行三十許步乃有高下曲折階級天然深黑中忽有圓光大如斗不知其所自來中有聲訇然不絕更進響愈甚遊

者不敢前相傳昔有仙人居此龍窩東北為悟道山南為黑犢山山頂有池泉出其中龍窩西南有圍山東有方山方山尤高周回數十里西北山阿有槎枒寺寺右有澗水南至照面山出口入定遠界方山東有馬跑泉又東為梁山自西南而東北長十餘里梁山西北即耿家山諸水迤邐西北至女兒潭耿家山東為王家大山為釘鈀山又東為沙山沙山在謝家店西南謝家店南峽口有大壩由大壩入山而西為鷹窩山鷹窩南為紅石嶺嶺南為大砧二砧三砧諸山在定遠大青山之北由大壩入山而東為觀音山其南為虎頭山在定遠虎旅山之北觀音山東為東山長七里臨淮鳳陽舊於此分界自曹家店至此東

西三十餘里南北皆山中爲平田得諸泉灌溉田皆肥美南鄉諸山多藥艸春夏之交居民入山采藥亦自然之利

烏雲山在故臨淮縣東南六十里亦名烏霧山以山多蒙霧也與定遠接境或曰卽離山之支山

東長安山在府治南四十里東西平衍東曰東堡卸甲店西曰打虎店峯巒殊勝其對峙者曰西長安山

春山在府治南六十里吳時董奉種杏於此爲人治病莫邪山在府治南八十里相傳昔莫邪於此鑄劍因以名山貢震鳳陽縣志莫邪山在鳳陽縣南山之南定遠境內水經註言淮水北逕莫邪山西山南有陰陵故城又言淮水自莫邪山東北逕馬頭城又言濠水出莫邪山東北之谿歷觀諸說所謂莫邪山者似連懷遠上窑鳳陽西山俱在內不專指定遠境內一峯而言也蓋古人名山舉其大要如北方之終南熊耳太行南方之廬阜武夷羅浮皆連延數百里峯巒無數統以一名土人或指其一峯一巒各爲標目古人無是也然則所謂莫邪山者西界懷遠南界定遠北界鳳陽東界臨淮東西百餘里南北五六十里岡巒峰頭連屬不斷通歸莫邪水經註所謂陰陵縣陽亭北者亦卽此山也如是乃與水經注所言莫邪山相合懷遠縣志云莫邪山僅見于水經注後之爲地志者多未及訂正貢氏之言是也酈氏言淮水納洛川卽逕莫邪山而至馬頭城循其次地卽今之洛河山鑿然無疑而名勝志方輿紀要俱入之鳳陽蓋徒知濠水之源在鳳陽而不知淮水之所經者卽名莫邪也

鳳皇觜山在府治西三里又西二里曰焦山鳳陽新書云舊名石山又西曰羊圈山離縣五里又名羊臈山

王岡山在鳳陽縣西八里又名八里岡

艸山在鳳陽縣西十五里

廟山在艸山東南離鳳縣十二里上有伍子胥廟

圍山在鳳陽縣西南十五里又西南曰大人山南濠水出焉又西南曰安吉山

東魯山在鳳陽縣西南十五里又西三里爲西魯山相傳魯肅屯兵於此

白石山在西魯山西離縣二十里

曹山在府西三十里舊傳魏武駐兵處明歐甯王湯和墓在焉

畫山在府西五十里山有木枝如楊柳可用作畫故名

黃山在鳳陽縣西南三十五里

虎山在鳳陽縣西四十五里

梅山猴尖山獾山雙尖山大尖山在鳳陽縣西南五十里龍子

河外

陡山在鳳陽縣西南五十里以形勢陡險而名

麗山在鳳陽縣西南四十里

華山在鳳陽縣南四十里

塔山在鳳陽縣西北十里山上有石浮圖

駱駝山在故臨淮縣南四十五里形如槖駝

峯山在故臨淮縣東六十里山峯聳秀

卝山在故臨淮縣東北六十五里山有石洞出礦焉

團山在故臨淮縣東北七十里以山形圓故名

尹家山在鳳陽縣西南六十里

蚌山在府治西北四十里有蚌蜯又西為張公山鳳陽新書云此皆荆塗之所落

荆山在懷遠縣西南一里山突起旁無附麗或云其脈自平阿山迆邐而來頗斷續不可尋舊懷遠縣志荆山在縣治西南二里高一百八十五丈周一十七里山之顛啟廟在焉山南一隴東行其麓有三皇廟大聖寺又南一高隴直東行土人謂之大山膀子其西南分隴復起小山為斷梅谷一統志謂之斷接谷謂是神禹鑿山處山北分二隴一隴西行玉坑在焉土人謂之白雲堆又謂之眠羊石旁有池曰鳳凰池坡陁西北行三里許為龜山其旁為駱駝嶺一隴北行迆東為抱璞巖山之半為卞和洞文昌閣關帝廟東嶽廟皆在其下前起小土岡為雲龍岡亦名黃土岡迆西南學宮奠焉卞和洞之左有永甯宮永甯宮之西有明花將軍墓山西白隴斷而復起曰横山横山亦謂之笛山龜山亦謂之鼓山俱以形似名明宋濂遊荆塗二山記荆山楚山也楚之先王熊繹僻在荆山七傳至昭王始遷都郢郢即今江陵其地有荆山一名景山荆故楚號也其地宜在楚豫州古鍾離子國與壽春密邇楚自昭王之後歷十一傳始徙都壽春韓非子所載卞和獻玉事乃在厲武文三王之際昭王上接武王已越十世當三王時鍾離何嘗屬楚而强謂卞和至此山耶新序又謂抱玉而泣在共王之時雜記又在懷王及其子平王之時平王乃昭王之父距懷王九世共王上至武王亦六世何顛到如是耶荆山當正諸史傳以江陵為正(明)李先芳重陽後同何明府登荆山詩一自卞和曾泣玉行人千古說荆山我來直上鳳池頂下見淮水流潺湲淮水東流無重回逢君花夕共銜杯昆山玉石盡成友胡僧剖腹藏珠胎按劍故人不相放明珠萬斛沉蒿萊美玉於斯貴在我浮名一笑輕塵埃當年和氏不解事徒令四體無

（全骸斟酌此玉安在哉不如飲酒臨高臺斜日橫江翻積翠涼風灑路清莓苔何妨作賦登高會郤是重陽節後來）

塗山（說文作嵞山）在淮東與荆山夾淮並峙自懷遠縣治至山麓五里（康熙鳳陽府志塗山在懷遠縣東南八里高二百一十三丈周圍四十六里）雙峰峻聳西峯建禹廟東峰爲無量佛殿山勢西豎于淮而連延于東西南麓有小塗山頗坦迤文筆峰建焉直西陡下山半有佟妣祖墓面荆山迎淮水左有象嶺右有獅子山獅子山之麓卽下洪也西北麓起小山爲九龍墳一坡直走淮心長可一里（俗名李家嘴）其西南麓伏而起爲三山亦謂之九岡起伏重疊濱于天河其山之引而東者曰石門山兩山如門山半有狠洞頗隘北下爲石門澗境絕幽曠澗左右有圓石二各徑三丈餘叩之音如鑼鼓曰鑼鼓石濱于淮石門又東爲夾山有徑通南北爲夾山口石門迤北高嶺三里許起一山爲洪君廟山濱于淮一尖山附其面曰次山自石門騎嶺而東一峯特高曰獨山又東起一峯（無名）又東爲熨斗山頂平而窪大可五畝爲熨斗窩又東曰馬牙山其高並于獨山北行一隴爲茨山又北下兩小山東曰許家山西曰周家山皆濱于淮馬牙山又東有小山三曰石虎山亦名轂堆山又名徐家山有石虎廟山勢至此盡矣其南七里別起小山爲秦家山其東南五里別起小山爲黃山（舊名香山亦名王二山）其東三里許越澗（宋家溝）起小石山孫叔敖墓在其北（後漢郡國志當塗注引皇覽楚大夫子思冢在縣東山鄉西去縣四十里王景傳云廬江郡界有楚相孫叔敖所起芍陂稻田皇覽亦謂子思造芍陂則子思卽孫叔敖

相傳已久

迤東北一山曰張公山與鳳陽縣分界（藝文類聚引晉劉柔妻王氏啟母塗山頌塗山靜居元朗語幾大禹至公過門不歸明此道訓孩允是綏仁哲以成永繫天暉唐柳宗元塗山銘并序惟夏后氏建大功定大位立大政勤勞萬邦和寧四極威懷之道儀型後王當乎洪荒方割災被下土自壺口而導百川大功建焉虞帝耄期順承天恩自河南而受四海大位定焉萬國既同宣省風敎自塗山而會諸侯大政立焉功莫崇乎禦大災乃賜元圭以承帝命位莫尊乎執大象乃輯五瑞以建皇極政莫先乎齊大統乃朝玉帛以洗經制是所以承唐虞之後垂子孫之丕業立商周之前樹帝王之洪範者也嗚呼天地之道尚德而右功帝王之政崇德而賞功故堯舜至德而位不及嗣湯武大功而祚延於世有夏配德於二聖而唐虞讓功焉功冠於三代而商周讓德焉宜乎立極垂統貽於後裔當位作聖著爲世準則塗山者功之所由定德之所由濟政之所立有天下者宜觀於此追維大號既發華蓋既狩方嶽列位奔走來同山川守神莫敢遑甯羽毛四合衣裳成會虔恭就列俯僂聽命然後示之以禮樂和氣周洽申之以德刑天威震耀制立謨訓宜在長久厥後啟征有扈而夏德始衰羿距太康而帝業不守皇祖之訓不由人亡政墜卒就陵替向使繼代守成之君又能紹其功德修其政統卑宮室惡衣服拜昌言均平賦一制度定期會則諸侯常至而天命不去矣茲山之會安得獨光於前歟是以周穆遐追遺法復會於是聲垂天下亦昭前軌用此道也故余爲之銘垂後代朝諸侯制天下者仰則於此其辭曰惟禹體道功厚德茂會諸侯衞統一憲度省方宣敎化制諸類威會壇位承奉儀矩禮具樂備德容既孚乃舉明刑以弼聖謨則戮防風遺骨專車克威克明疇敢以渝宣昭黎獻底定寰區傳祚後昆丕承幽闡塗山巖巖界彼東國惟禹之德配天無極即山刊碑貽後作則（宋梅堯臣塗山詩古傳神禹跡今向舊山阿莫問辛壬娶從來甲子多夜淮低激射朝嶺上嵯峩荒廟立泥骨點頭風雨過（蘇軾上巳日與二子迨過游塗山荊山記所見詩此生終安歸還軫天下半朅來乘樏廟復作微禹歎從嗣及彼呱像設遇此槃秦祖當侑坐夏郊亦薦裏可憐淮海人尚記弧矢旦荊山碧相照楚水清可亂則人有餘坑美石肖溫瓊龜泉木杪出牛乳石池漫小兒强好古侍史笑流汗歸時蝙蝠飛炬火記遠岸（明宋濂遊荊塗二山記棹舟至塗山足曳杖入山山旁廢址舊皆民廬前渡石梁復斗折而上可三里北累石爲塘多藝椒之圃可三里餘視大磐石青綠間錯纇然欹足坐諦視之乾蘚交封之耳有草生石上高一尺其花可愛不假土力人取懸檐間呼爲石蓮花復行四里所巖石犖确插起道左危傾欲飛墜復二里所從

微徑入灌莽低崖罅貯泉一泓味甚甘覆以生茨曰聖水亭取水以禜雨多驗復一里餘至山顛禹廟在焉游目四顧長淮西來渦河北匯而壽春臨濠宿州之境皆在冥茫昏沓中緬想南北戰爭屯戍處爲感慨者久之復從廟西循石坡下鉅石危立如人形遥望之一嫗儼然也相傳爲啟母石史云居人每封羊豕祭之至有以粉黛飾其貌者聞之不覺大笑山椒舊有僧房今廢一野客叢譚一塗山有四一會稽二渝州三濠州連離縣四宣州當塗縣皆立禹廟一國朝湅與年塗山詠古詩一漢家原廟枕荒邱疊嶂晴崖浩不收水劃淮肥趨太液兵低牛斗入神州銅駝銕騎弓刀夜石獸金梟殿閣秋莫怪行人頭白盡平沙葦路古今愁一俞化鵬荊塗山懷古一荊塗對峙水中開破放孤臣逐浪來大禹鑿山夫地定卞和抱璞古今哀千年喬木客如舊兩岸豐碑字未灰曾記少年登絕頂而今垂老尚徘徊

洛河山在懷遠縣南六十里以近洛水故名周四十里西峯曰鴻山又作洪山即眞家大山東峯曰神山即洞山兩峯迆邐連屬出煤炭土人斫石燒灰以摶埴爲業又名上窰山路本崎嶇元嘉泰間浙九陳運成修成坦道稍東爲大横山中有仙人洞見大清一統志洪山高二百三十七丈神山高二百四十五丈周四十里兩峯連屬上出煤炭草色微黑見康熙鳳陽府志舊懷遠志

大横山在懷遠縣南六十里考城之南即洛河山之東條也中有仙人洞

新城山在懷遠縣南四十里近新城故名高一百餘丈周六十里上有灰窰二座

平阿山在懷遠縣西南六十里周二十餘里與鳳臺分界山凡十四峯十一峯在鳳臺自毛山站山而北入懷遠境爲洞山山有洞頗幽邃迆東南爲平阿山亦曰大山高聳爲羣山之宗又東爲徐家山亦曰毛山東

而盡於平原漢有平阿縣因山而建也又名平峩山峩阿音相近也魏書地形志沛郡蕭有平阿山蓋魏時屬蕭縣也

土山在懷遠縣南十五里欠河之南高二十餘丈周里許又有小土山高五六丈在土山西又西十餘里臨欠河有石山高與土山等舊府志云石山在懷遠縣西二十五里

石羊山在定遠縣東十里上有石羊

相公山在定遠縣東六十里有楚相令孤子伯廟因名稍西為東樂山

華蓋山在定遠縣東南二十五里頂圓覆如蓋

皇甫山在定遠縣東七十里相傳有皇甫將軍屯兵於此又東曰大山東山

鶴背山喜龍山皆在定遠縣東南六十里

豁鼻山在定遠縣東六十里元末沈仁起義兵於此

耶峯山在定遠縣東南六十里山有石碑一名郎公山俗名寶公山

五尖山在定遠縣東南七十里山有五峯國朝王溥五峯山詩隔水數峯迴披雲徑可尋山空悲鬭氣草冷想虞心落木依僧定幽禽卧月深古今離別恨流水弄清音原注舊傳項羽曾別虞姬於此王衷登五峯山詩偶經棲佛地碧草冷雲峰梵語落塵慮龍宮起拜容拈花初見月隔水忽聞鐘獨坐山房靜潛風度竹松

磨盤山在定遠縣東南八十里形如磨盤為南北大道

泉鳴山在定遠縣東北十五里其北有石鳴泉清澈可鑑

槎枒山在定遠縣西七十里山形槎枒古有槎枒寺明洪武間改建圓通禪寺中有芝巖洞

喜羊山在定遠縣西北二十五里

三峰山在定遠縣西北三十里山有三峰秀麗特異又有禪窟寺禪窟洞石窟泉多修篁古木

韭山亦作九山在定遠縣西北四十五里地㬠多韭故名鍾離八王惟忠嘗據山壘石爲城民之依者九萬餘人城壘遺址猶存山下有洞其中澗水常流石形如器物者甚衆左右多唐人題刻後爲峻巖遊者莫能至相近有靑山銅骨山靑翠相接宋梅聖俞九山詩九經九山問野叟崖鬼一無安曰九且恐齧岸積瓊玖復意陂原多產韭又疑堆壠若桂叉四者未悟叟不言使我臨流獨搔首

橫澗山在定遠縣西北七十四里上有石壘及澗泉明史太祖紀元至正十三年與徐達湯和費聚等南略定遠計降驢牌寨民兵三千與俱東夜襲元將張知院於橫澗山收其卒二萬石壘蓋元末所築

白石山在定遠縣北三十五里多白石柏近有大紅山多紅石與鳳陽接境

高山在定遠縣北四十里南有石塘水極淸冽有禹廟又名廟山

三山在壽州治東三十里與鳳臺縣接壤

黃閭山在壽州治東五十里山南爲壽州山北隷鳳臺縣世傳

楚春申君黃歇嘗游憩於此

舜過山在壽州東八十里卽舜耕山處上有大人足跡一名順閣山又名舜哥山又名舜王山亦名虞耕山與懷遠接壤按山半屬懷遠境實紫金山之餘支今紀於壽州不再見於懷遠以省重復

紫金山又名紫荊山在壽州東北十里五代史周顯德四年世宗攻壽州劉仁贍堅守不能下東趨濠梁南唐援兵營於紫金山與壽州城中烽火相應宋太祖率殿前諸軍擊紫金山連珠砦拔之遂下壽州卽此上有淮南王遺蹟游者間拾得小金牌可用療疾疑丹砂所化也

硤石山在鳳臺縣治西五里夾淮爲險寰宇記兩岸相對淮水

經其中二句寰宇記原文在西岸者爲硤石屬下蔡今鳳臺縣在東岸者爲壽陽山上築二城以防津要魏諸葛誕舉兵王昶據硤石以偪誕又晉胡彬據壽春城陷退保硤石皆其地也兩岸石上有大禹疏鑿舊蹟山口有茅仙洞

八公山在鳳臺縣治南四里肥水之北淮水之南亦名北山漢淮南王安與其賓客八人箸書學仙於此晉書苻堅兵敗望見八公山草木皆疑晉兵卽此一名肥陵山州西北有青岡晉謝元乘勝追擊苻堅至青岡是也梁吳均八公山賦峻極之山蕴聖表仙南參差而望越北邐迤而懷燕爾其盤桓基固含陽藏霧絕壁嶮巇層巖回互桂皎月而常圓雲望空而自布袖以華闔帶以灊淮文星亂石藻目流階若夫神基巨鎮卓犖荊河箕風畢雨育嶺生峩高岑直兮蔽景修阪出兮架天以迎風而就日若從漢而迴山露泫葉而原

淨花照曦而岫解促嶂萬尋平崖億級上披紫而生煙傍帶花而來雪維英王兮好僊會八公兮小山駕飛龍兮驂翩高馳翔兮砷天(吳均登壽陽八公山詩)遠澗自傾曲石激復淺淺含珠岸恆翠懷玉浪多圓疏峰時吐月密樹不開天瑤函盡元秘金檢上奇篇是有琴高者凌波去水仙(宋王安石八公山詩)淮山但有八公名鴻寶燒金竟不成身與仙人守都廁可能雞犬得長生

四頂山在鳳臺縣治東南二十三里高二百餘丈東與八公山相對

相山在宿州治西北九十里下有漢相縣城故址因名山高五里周二十里傰州中巨鎮爲諸山之宗上有古祠漢碑三百有五卒殘斷不可讀晉太康五年詔諸侯祀界內山川沛國令郭鄉建廟銘曰巍巍相山盤紆穹崇上應房心與天靈冲興雲播

雨稼穡以豐山有白雲洞祕霞洞小仙洞玉桂洞石屋滲水崖諸勝境自相山而東南十三里有炭山又二里曰邱疃山(明任文石相山詩)相山崒嵂標神奇岱岳爲宗德亦齊上應房心一氣維保傅芒碭襟帶睢帝曰徐豫汝兼司雲雨膚寸千里彌降神申南作昌期百年秩祀苔宏施祈羊伏臘無虛時秦碑漫滅漢碑敧唐疏宋誥日星垂縹緲雲構光陸離青天午夜現靈祇經緯冥冥眾莫知頼生鱗鳳布華懿贊吾皇治登雍熙(明李來泰山祠詩)祈羊願萬里碧宇秀芙蓉漢代餘新籀湯孫仍舊封驕蝌春勒馬崩角夜傳鐘泰岱嵩高介側身欲往從

大寨山在宿州西北八十里高四里東西長五里在黃里集

靈姥山(又名靈嫻嫻山)在宿州西北八十里高二里東西長三里在方城集

天馬山在宿州西北七十五里相山西南盡處晉丹陽尹劉公

故鄉有碑

艾山一名艾頭山在宿州西北七十里高二里斜長三里在新安集

甯山在宿州西北六十里山北有甯戚冢故名高一里東西長三里在宋疃集按列仙傳云甯封子黃帝時人爲陶正有人爲之掌火能出五色煙久則以教封子封子積火自燒而隨煙氣上下視灰燼猶存其骨時人葬甯北山中今山北有甯家似非甯戚山南五里許有封子山

邱疃山在宿州西北六十里高半里斜長三里在宋疃集

石山在宿州西北五十五里高半里周一里餘純石無土介然獨峙層層疊起嵌空玲瓏如雕如畫相傳爲飛來峯

土山在宿州西北五十里高半里東西長二里純土無石

古竹山在宿州西北四十里高一里周二里

吉山在宿州西北四十五里高一里斜長二里

平山在宿州西北五十里高半里斜長二里

刁山在宿州西北六十里高二里南北長三里

蔡山在宿州西北五十里高一里周三里

諸陽山在宿州西北四十里南北長十里後魏地形志定陶縣有諸陽山江南通志安徽省志作睢陽山按隋書地理志符離縣有定陶山寰宇記符離縣定陶山在縣北四十里楚時定陶縣在山下然則定陶山即諸陽山

高皇山在宿州北二十五里上有漢高帝古廟故名國朝陶樹登高皇山遠眺詩亂石如瓶臥夕陽符離集北此重岡漢高盡覽長隄水設險曾經古戰場尚覩遺祠題漢帝因懷宅土自殷商登臨別有關心處歲晚饑烏慕稻粱

蛇山在宿州北二十五里又北三里爲龜連山二山相連形如龜高一里南北長三里又州北三十里爲靈鷲山

鼓山在宿州北三十里高一里周四里元揭傒斯望先樓記（安徽通志作望光樓誤）云彭城南百餘里有三峯倚天名曰鼓山山中隱隱有聲如鼓自鳴歲則大熟俗名打鼓山山東北有二泉可溉田數十畝

磨旗山在宿州北三十里高一里南北長一里在古饒集元揭傒斯劉氏望先樓記云樊噲磨旗於此因名俗名磨石山

離山在宿州北五十里高里半斜長二里在離山集

金頂山在宿州北五十里

芳巖山在宿州北六十里旁有石岳多芳草西近邱疃山

武里山在宿州北七十五里高里半南北長二里在閔賢集山下有武里村地甚清幽唐白香山嘗游於此亦名五柳山

蕭山在宿州北七十五里即閔子故里山之陽有閔子墓墓前有祠墓左有龍湫潭祠後有曬書堂

豐山在宿州北七十五里高二里南北長三里以在新豐里而名

大乾山在宿州東北三十五里高五里南北長八里山有穴甚深每出雲輒雨上有乾闥婆祠祠有古碑又東北距州治五十五里有小乾山山上有龍女廟爲士人禱雨處

茅山在宿州東北五十里相傳唐時有道士先居句曲茅山後於此山修練成道因名

鶴山在宿州東北四十五里

石相山在宿州東北一百里

東鳳山在宿州東北百有十里

柏山在宿州東北八十五里高半里南北長三里山多古柏翠色淩空山石堅緻破之皆有黑紋如柏形

東刁山在宿州東北八十里

稽山在宿州西南百有十里隋志臨涣有稽山晉稽康家於其下因氏焉亦作嵇今在曹市集

獨山在宿州西南百四十五里在龍山東南五里又名蜘蛛山

黄石山在宿州西南百有二十里山多黄石故名或以爲黄石公山即授書張子房之老人棲隱處

石弓山在宿州西南一百二十里山形如弓故名

龍山在宿州西南一百五十里山形如龍故名古有白雲洞嘉慶間又現一洞洞内有倒垂石塔長一尺五寸復有石龍長二尺鱗角宛然俱白色旁多石乳花人爭往觀被碎毁

靈覺山在靈璧縣治西北百二十里有靈覺寺故名其北山曰均保南山曰青苔均保之北曰梅山梅山之東曰羊山羊山之南鄂山鄂山去靈覺東麓不遠諸山皆小相去各三里許青苔

東南曰紅山

潼山在靈璧縣北七十里潼水出焉世傳莊子嘗修道於此有南華觀潼山西南曰無影山(山卑四面受日光故名)其東曰開和山申邨山土龍山(產黑白石)周家山(產紋石)紅鳥山(產花石)皆在縣治正北連延十五六里如列屏障去縣治可七十里山後岡阜林立曰楊家山曰白馬山曰卓山曰輝山(二山之石亦可爲磬)輝山與紅鳥南北相値山勢至此一斷

石磬山(廣輿記作磬石山云靈璧縣磬石出石可作磬)在靈璧縣北七十里潼山之東一名浮磬山山出磬石故名禹貢所謂泗濱在此山下北里許地名釣漁臺此古者泗水抵山下之證山下水曰漁溝亦因此

得名(貢震靈璧志略云山椒有石佛數百相傳爲古之慶寺西麓舊有茶庵康熙中有僧出游江南旣而還山更名庵曰玉磬刻石記之書法絕似聖教序)石磬山西北十餘里有枕頭山枕頭山西北有耳毛山(下有耳毛湖)東北曰金山曰牧豬山又東曰靶拉山(山有聖水泉)曰陳疃山曰貫山連屬二十餘里又東曰九頂山九峯崱屴峙於睢靈兩邑之界石磬山東南十里許有小山二一曰杏山一曰申費山互入睢甯界

陳疃山在靈璧縣治北八十里亦名陳摶山相傳希夷嘗寓於此有希夷洞

三汪山在靈璧縣東北十五里靈璧志略言山形如點水今遙

望之恰似水字偏旁

孟山在靈璧縣東北七十里相傳孟子嘗游此山下有娑羅樹歲以枝葉先發所向之方爲豐年之兆南臨睢水夏秋之交非舟楫不可到又西南三十里有山在水中曰土山土山在縣治北四十里

張山在靈璧縣西北九十里其西五十里有貢山屬蕭縣相傳子張子貢游學之地

龍車山在靈璧縣北二里縣之主山也山之陽有石泉又東三里曰棬棬山又東曰聖人山明嘉靖間詔天下孔廟皆撤像易木主紳士素服舁聖像藏此山刻石誌之後人遂因聖人名山云又東曰丁家山卓家山薄家山

龍車山西北斷而復起者曰五龍山岡阜聯綿自西而轉七八里爲平山其南高峯層疊爲鳳皇山由此越汴隄西南二十里羣峯聳峙其東南最高者曰寨子山寨子山之南曰鵝山北曰珠山西北曰龍山龍山西南曰齊眉山

齊眉山在靈璧縣西南三十里山開八字如列眉建文四年徐輝祖敗成祖於此

菜玉山在靈璧縣西南三十里山產石類菜玉按貢震靈璧縣志略無菜玉山有玉石山產綠石如玉其即菜玉山之異名歟

陰陵山在靈璧縣東十五里與泗州接界項羽失道於此